어른스런 입맞춤

정한아 시집

문학동네시인선 007 정한아

어른스런 입맞춤

시인의 말

구 년 만에 만난 로스는 수염이 하얘졌다.
"머리도 자세히 보면 반백이야" 하고 말했을 때, 일 년 내내 눈이라고는 오지 않던 도시에 쏟아진 폭설은 저녁부터 내린 비에 조금씩 녹고 있었다.

일요일 저녁이었다. 시내에는 크리스마스 불빛이 쏟아졌다. 나는 마치 거기서 계속 살았던 것처럼 길을 묻지 않았다. 그는 이제 더 이상 선생이 아니었고, 한국인 애인과 헤어진 지 칠 개월이 막 지났고, 그가 여자를 사랑하지 않는다는 것을 알면서도 구 년째 한 집에서 살기를 고집하고 있는 수전과 부엌을 나눠 쓰고 있었고, 여전히 외롭지 않으려고 일부러 바빴다. 바쁘려고 그는 드라마를 쓰기 시작했다. 복사와 사랑에 빠진 게이 청년의 이야기다.

"사십 년 만에 성당에 갔어."
그는 신부에게 당한 적이 있다. 보이스카우트 캠프에서.
"하지만 이제 내 꿈은 사제가 되는 거지."
"이상해! 하지만 어울려!"
그가 허위허위 베네딕트 수녀회의 수도원을 찾아가 문을 두드렸을 때 뉴욕 출신의 깐깐한 수녀는 그를 맞아들이고는 아래위를 훑어보았다.
"수녀님, 술을 마시는 것은 죄악입니까?"
"죄악이지, 암!"
"담배를 태우는 것은요?"

"그것도 죄악이지, 암!"
"문신은요?"
"문신한 자들은 지옥 불에 훨훨 타지, 암!"
"……전, ……전, 죽어야겠군요."
"알면 됐어!"

우리는 웃었다.
그의 쓸쓸하고 푸른 눈 깊숙이 평안이 고여 있었다. 빗줄기가 거세어지고 있었다.
"걱정 마. 내가 우산을 가지고 왔거든."
하지만 가방 속에는 시집만 들어 있었다. 나는 우산 대신 시집을 그에게 주었다. 『Enough to Say It's Far』.
"괜찮아. 좀 늙긴 했지만, 너처럼 하루에 한 갑씩 담배를 태우진 않으니까."
우리는 또 웃었다.
그는 애리조나에서 미성년자 포르노를 보다가 밴쿠버로 도망와 경찰에 잡힌, 텍사스 출신의 차이니즈 재패니즈 소년의 친구 이야기를 해주었다.
"장당 십 년이래. 그는 육십 년 후에 출감한다."
우리는 자꾸만 웃었다.
비가 내리는데도, 숙소로 돌아오는 길은 여전히 눈이 쌓인 채여서 우리는 우회로를 찾아야만 했다.
"기억해줘. 내가 널 사랑한다는 거."
그는 조금 울고 있었나. 사람들은 섬에서 아직 돌아오지 않았고, 나는 방 안에서 그의 말들을 찬찬히 되새기고 있었다. 신부가 되기로 결심한 중년의 게이를 위해 나는 몇 년 만에 기도를 했다.

이 상처 받은 어린 짐승들을 보살펴주소서.
그가 집으로 가는 길에 울지 않게 하소서.
아니, 그저 울음을 참지 않게 하소서.

2011년 7월
정한아

차례

愛人

한밤을 펜과 씨름하다
책상에 엎어졌습니다
거기에는 책상의 이데아도 질료도
아무것도 없었습니다. 하지만 거기서
나,
책상의 나직한 고동 소리를 들었습니다
제 속에 세월을 묻고 가슴에 열쇠를 꽂은
숨소리가 나직한 늙은 책상은
내가 사춘기에 칼로 그은 상처도
간직하고 있습니다
나를 구원해준 책상
나를 잠재워준 책상
내가 후려갈기고 긋고 할퀴고 물어뜯고 종국에
머리를 박아대던 책상,
책상은 나를
제 다리 밑에 숨겨줍니다
거기서 손가락 빨며 눈 빨개지도록 웁니다

H씨와 과자

나는 애인에게 과자를 하나 받았어요 공부하다 배고플 때 먹으라고 준 것이지요 손바닥만한 울퉁불퉁한 과자였어요 H씨, 나는 이 과자를 당신에게 주려고 했어요 당신이 단지, 형식적으로 내게 명함을 건넬 때, 그것을 받는 대가의 형식을 빌려서 말이에요 당신이 뜻하지 않은 과자를 받아들고 조금 당황하며 고마운 빛을 띨 때, 나는 기뻐했을 거예요 하지만 당신은 연극을 보러 대학로에 가 있다고 했지요

나는 그 과자를 먹었어요 딱히 배가 고팠던 것은 아니지만요 과자는 촉촉했어요 호두가 들어 있었지요 오, 당신은 호두를 좋아하나요? 흔들리지 않는 대담한 눈빛이 어딘가 엄한 부성(父性)을 띤 염소자리 아가씨, 당신은 홍차를 곁들인 호두과자를 좋아하나요? 당신은 당신의 생일을 좋아하나요?

어떤 기도

한나절 드럼을 치고 손바닥에 피 터져 돌아온 밤
나는 잡히지 않은 푸른 물고기들이 눈앞에서 미친 듯 춤추는 것을 보았다
강강수월래하면서 물 위로 보란 듯이 점프하면서
나는, 왜, 여전히, 그물을 드리우고 싶은가
터진 손바닥은 몇 번이나 더 터져야 하는가
양말처럼 머릿속을 까뒤집어보니
백 마리의 바퀴벌레가 튀어나온다 천 마리의 지렁이가 기어나온다 뱀들이 또아리를 틀었다
내 속에서 나를 조종하던 것들 눌러 죽이면 히드라처럼 새 머리가 나는 것들 히히 우는 것들 엉엉 웃는 것들 한숨 쉬는 것들 빌어먹을 것들 한없이 요설을 뱉어내는 것들

그래서 나는 기도를 해보기로 했다
랭보에게 죽은 신에게 라디오에게
오늘 아침 식은 국에 말아 먹은 밥알들과 드럼 스틱에게
나를 이 진창에서 들어올려 저 아름다운 푸른 물고기들의 세계로 옮겨 가소서, 라고
그리고 다른 것들에도 — 이를테면
모든 가련한 것들 새벽의 영혼들 잠들지 못하는 눈이 붉은 신호등 안타까운 것들 자기를 빛내는 것들 자기도 모르는 새 유혹하는 것들 겁탈당하는 것들 순한 눈을 한 고양이들의 추운 노숙(露宿)의 밤들에

그런데, 언젠가는, 불태워지리, 순간이 영원인 가엾은 것들
아무도 모를 서러운 과거도 더러운 세월도 붉은 입술도 순하디순한 천 개의 눈도 수심에 찬 콧날에 부서진 햇살도 아름답던 팔딱이던 나의 물고기들도 실핏줄투성이 아가미와 푸른 비늘도 마침내
헛되이 잡으려 했던 나의 두 손도

그리하여 나는 타버릴 열 손가락으로 얼굴을 감싸쥐었다
하마터면
하느님!
외칠 뻔하면서

타인의 침대

이곳에 바닥도 천장도 없다는 것을 알게 되었을 때, 있어야 한다고 믿지도 않게 되었을 때, 비로소 우리는 진공상태에서도 살아남는 법을 배웠다고, 아틀란티스인처럼 물속에서도 숨을 쉴 수 있게 되었다고, 언제나 그래왔다고, 우주인이 화성에 가도 출구 따위는 없다고, 그러니까 우리가

완전히 체념했을 때, 썩은 동아줄, 잭의 시퍼런 콩나무, 팔다리 없는 무지개 너머에도 바깥은 없고 발바닥은 아둥바둥 두 팔은 지푸라기처럼 꺾인 너의 목을 끌어안고 어푸 어푸 (사랑해 사랑해) ((살려줘 살려줘))

눈은 왜 있는 것일까 바늘 같은 햇살 — 이 거대한 감옥에 저런 구멍은 왜 뚫어놓았담 사슴벌레들은 우아한 뿔을 곧추 세우고 바퀴들은 지엄한 의장을 갖춘 채 너의 콧구멍 속으로 도열해 들어가는데

왜 우리는 돌이 아닐까 왜 내가 던진 돌팔매는 죄 소리가 안 날까 너의 머리칼 새에 날아드는 고비사막의 모래 속에서 지쳐 쓰러진 낙타의 황망한 울음소리 어떻게, 어떻게, 어떻게, 종 치는 세계의 황혼

이 시대는 망했어 너도 나도 그들도 진짜 같은 짝퉁 소금 같은 모래 양 같은 염소 천국 같은 지옥 (새/헌)엄마와 (새/헌)아빠 — 결혼하지 마세요 저를 낳지 마세요 자아 저는 이대로 탯줄을 목에 감고 조용히

〔선택한 파일을 삭제하시겠습니까?〕

응, 난 센서가 좀 고장 났으면 싶은데 하드가 뜨거워 폭발할 것 같아 딴 걸로 바꿔 끼웠으면

하 선생 말 들었어? 거기서 나오는 게 아니라 어떻게 잘 들어갈지가 문제라는데,

왜 나는 돌이 아닐까 썩어서 따뜻한 거름이 안 될까 왜 여전히 눈은 부시고 입술은 미풍에 벌어져 너의 손톱도 쓱싹쓱싹 자라는지 알고 싶을까 진짠지 아닌지 자꾸만 깨물고 싶을까

아무것도 아닌 모든 것에 베이는 나의, 혀,형제와 혓바늘과, 제 출생을 근심하는 투명한 지,집벼룩의 간과 쓸개와

이 더러운 새벽, 순결한 것은 오직 내일의 폐허 위 간신히 몰래 내리는 피,피곤한 빗소리 — 얇은 흔들림

무정한 신

이 사막은 흐른다
어제의 유희가 오늘은 비수다
석양에 물든 모래를 두 손 가득 담아들면
붉은 태양빛은
손가락 사이로 흘러내린다
모래알 밑에 새겨진 그대의 이름을 밟고 나는
지평선으로 간다

보라, 어둠이다
공평무사하신 어둠의 신이 저 멀리서
옷자락을 끌고 걸어오신다

내 두 눈을 지워주소서
창공의 별들을 탐하지 않도록
세상의 모든 빛이 나를 찌르나이다

그러나 신은 무정(無情)하므로
나의 기도를 이해하지 못한다

모래알처럼
그대의 이름은 무수히 빛났다
흐르는 사막에서는
별들도 길을 가르쳐주지 않는다
눈꺼풀에 새겨진 그대의 이름을 깜빡이며 나는
지평선으로 간다

보라, 어둠이다
공평무사하신 무정한 어둠의 신
눈도 코도 입도 없는 그분이
시간의 옷자락을 끌고 걸어오신다
발바닥이 까맣다

죽은 예언자의 거리

무엇이라 말할까
만남이라는 기막힌 우연과
그 섬뜩함에 대하여
마주치자마자 내 골수에 자기의 촉수를 담그는
얼굴들과 그 배경에 관하여
그 가지각색의 각개격파를 차별 없이
기적이라 부르는 순진한 이상주의에 대하여
그 상처 없는 잔혹한 천진난만에 대하여

어느 날 두 사람이 만나
한 사람을 낳고 모두 사라지는
말할 수 없이 폭력적인 생리

어느 날 두 사람이 만나
한 사람을 죽이고 손을 씻는
말할 수 없이 공공연한 심리

(어느 날 두 사람이 만나

세계가 비로소 시작되리라던
말할 수 없이 아스라한 예언)

이 거리의 이정표는 이제
아는 것들만 알려준다 이미
와 있는 것들의 끔찍한 소용돌이

눈을 가리운 노래

— **주신제(酒神際)** 1999

그의 눈은 다가올 시간을 향해
다심(多心)과 무심(無心) 사이의 고뇌에 빠져 있다
나란히 앉은 그녀는 연기를 삼키고
숨을 멈춘 듯 미소는 푸른빛
이 한 장의 사진을 버리지 못한다

영원히 붙박인 폭우 속 캠프의 밤
진흙투성이 인생 끝나지 않는 축제
번개 치는 전자기타 천둥 치는 북소리

언젠가 우리의 노래가 우리에게 돌을 던지리
언젠가 우리의 춤이 우리 손을 피로 적시리

자기의 유한(有限)을 깨달은 하룻강아지들의
폭우 속 기우제 만세!
쨍쨍한 목숨들은 갈증으로 몸부림치며

포도주를 다오, 목이 마르다!

우리 솟구치는 피를, 한잔 더!

눈을 가리운 폭풍우
후진 없는 청춘의 베이스 캠프
내일 공연은 취소다 슬프지 않아라

언젠가 우리의 노래가 우리에게 돌을 던지리
언젠가 우리의 춤이 우리 손을 피로 적시리

낮은 지대의 천막은 물 위에 떠다니고
발끝에 찰랑, 홍수는 깊은 자줏빛
푸른 연기 피어오르는 물 위를 걸으리니

포도주를 다오, 목이 마르다!
우리 솟구치는 피를, 한잔 더!

그 밤, 위태롭게 깜빡이는 전짓불 아래서
무기라고는 입술뿐인 질풍노도의 한가운데
무심코 한숨을 섞으며 깔깔거린 사랑
이라고 나는 쓰지만

오르페우스의 의심 많은 눈초리는 두려움으로 흔들린다
다가올 모든 시간을 향해 무정향(無定向)의 비바람을 삼키고
나를 찌르는 나의 노래여
후회 없이 목마른 나의 취기여

거울 속의 잠

거울이 필요해 들어가서 한동안 안 나오고 싶어 겨울잠을 푹 자고 싶어 여름이었으면 여름잠을 자고 싶었을 거야 거기서 밤잠과 낮잠과 꽃잠과 새벽잠 견딜 수 없는 모든 잠을 자고 싶어 누가 내 눈꺼풀 좀 꺼줘 내 귀 좀 닫아줘 머릿속에 퓨즈가 녹지 않는 두꺼비집이 있어 퀙 퀙 두꺼비는 보기 싫은 등껍질을 보이고 돌아앉아 움직이지도 않고 잠도 안 자고 그저 하루 종일 보기 싫은 입을 합죽 다물고선 언제까지나 제 앞에 다가올 파리를 생각하느라 피곤한 거야 피곤해 죽겠는 거야 피곤해 죽겠는데 안 자는 거야 머릿속에선 파리가 윙윙 날아다니거든 이놈의 파리가 지치지를 않는 거라 그 거울 속에 들어가고 싶은 내 머릿속의 두꺼비집 속의 두꺼비의 머릿속에는 아무 데도 앉지 않는 파리가 살아

거울 속에 그냥 걸어들어가 겨울잠이나 잤으면 아무 약속도 없이 아무 바람도 없이 밤도 낮도 없이 그냥 빙하기 동굴 속에 숨어든 어린 쥐처럼 쥐도 새도 모르게 둘이 자다 하나가 죽어도 모르게 쥐포처럼 납작하게 꿈 없는 잠을, 파리가 나오는 꿈 없는 잠을
파리가 뭔지 잊어버린 두꺼비의 집을 꺼낸 내 머리를 열고 거기서 걸어나오는 건,

아마 내가 아니라 내 잠일 거야
잠아, 흘러가렴 두꺼비와 파리를 용서하고
거울 속에서 흘러가렴

서랍

이곳은 가득 차 있다
사백 개의 눈과 귀 팔 다리들
아아 따스한 피가 흐르던 무수한 혈관들
영원히 부드러워진 따스해진
사물이 된
그들은
이제 무엇을 기다리지도 바라지도 않는 것 같다

그런데 어라, 당신도 보이지?
미분양 서랍을 가리키는 저 무수한
침묵의 화살표들이
천천히 당신의 머리칼을 세는 서늘한
이천 개의 손가락들이
저 아담한 사이즈, 사각의 자궁
당신 손에는 결코 쥐어지지 않을 열쇠로
잠겨 있는
아직은 비어 있는, 당신 미래의 방
소리치는 악다구니 쓰는 발버둥치는

마구 열렸다 닫히는 원목으로 된
지상에서 가장 우아한 장식장
보이지? 눈, 감아도?

어른스런 입맞춤

내가 그리웠다더니
지난 사랑 이야기를 잘도 해대는구나

앵두 같은
총알 같은
앵두로 만든 총알 같은
너의 입술

십 년 만에 만난 찻집에서 내 뒤통수는
체리 젤리 모양으로 날아가버리네

이마에 작은 총알구멍을 달고
날아간 뒤통수를 긁으며
우리는 예의 바른 어른이 되었나
유행하는 모양으로 찢고 씹고 깨무는
어여쁜 입술을 가졌나

놀라워라

아무 진심도 말하지 않았건만
당신은 나에게 동의하는군!

축 안개성탄전야

안개가 짙어 산타는 길을 잃었네
집까지 내내 눈 감고 왔지
귀는 꼬불쳐두고 가방 속에
시간과 자유의지

빛나면 보인다 눈 감고도
보여요 길 잃은 산타
터벅터벅 걸어가시네
차가운데 포근하구나 안개
숲속에서 전화를 걸던 아빠
(오늘 안개는 위험해!)
성탄절이에요 아빠
가짜 산타 선물을 줘
주무시네 성탄 케익
먼지 쌓인 방에서 한 백 년 혼자

끓는 물
솟는 구름

이상한 가투(街鬪)

지랄탄 같은 외로움이 길바닥을 휘젓는다
사람들은 안 보이는 걸까
안개가
자욱한데 어디서
물방개 같은 공포가 떼 지어 튀어나올지
모르는데

유유히
길이 보인다는 듯
무섭도록 깔깔한 수다를 흘리며
사람들은 제 발에 꺽꺽 차이는
단단한 울음을,
차일수록 자욱해지는
지랄 같은 외로움을,
몰고 간다

간신히
노련하다

골키퍼도 백골(白骨)도 택도 없는
제 집을 향한 드리블은

첫사랑은 피라미드로 가고

첫사랑은 피라미드로 갔다
그는 거지의 방랑과 왕자의 방탕을 탐했으나
방탕한 방랑에 탈진하고 돌아와
모처럼 생활인이 되겠다고 했는데

아니, 우리 공모자들은 바랐지
나의 형제여 갈 데까지 가보라고
그래서 그 끝에 정말 아무것도 없는지
대답해! 대답하라고!
— 글쎄, 어딜 가든 마찬가지

그러더니 그는 피라미드로 갔다
나팔 부는 친구와 그림 그리는 친구와 대출 창구의 친구와
살림하는 친구와 시 쓰는 짝사랑마저 배신하고

아침부터 전화가 울린다
— 고객님, 더 좋은 가격에 인터넷과 집 전화까지
— 고객님, 캐시백 장기간 이용으로 성인병 보험까지

— 넌 내 친구잖아, 다달이 11만 원이면 나의 마음까지

이마에 777 대박의 꿈을 박고 (7자들은 참 잘도 빠졌지)
달려라 달려, 죽을 때까지!

하지만 나는 알고 있지
두 눈 속에 훈장처럼 빛나던 방탕과 방랑, 거기
신 벗고 머리 풀고 뛰어들고 싶었던 사랑의 잔영
그리고

어떻게 나의 첫사랑은 피라미드로 떠났는가
거대한 무덤은 왜 텅 비어 있는가
왕들의 영혼은 왜 영영 돌아오지 않는가

이웃 사랑의 위생 관념

무너진 백화점을 걸어나온 소녀가
평생 거짓을 살아가듯

사랑해본 자의 생활은 지옥일 거야
환멸은 계속되는 사랑일 거야
믿음은 열어도 나갈 수 없는 바깥일 거야

그럼에도 불구하고
원수 같은 이웃을 내 몸처럼 사랑하자면
돌이 되어야 하나 성자가 되어야 하나
돌로 만든 성자가 되어야 하나?

손을 씻는 45초간
나는 내 사랑을
가장 친밀한 이웃을
창밖으로 던지고 싶고
던져서 쏘고 싶고

그러면 누군가
열쇠고리 악어 인형 짝퉁 헬로 키티 같은
경품을 줬으면 좋겠네
세상에서 가장 명백한 팡파레와 함께

(아니 아니 난 손 씻었다니까)
((등 뒤에 붙어다니는 느부갓네살의 손가락))
(((꽝! 다음 기회에)))

회의적인 육식동물의 연애

그녀는 심장이 너무 오래 뛰어서
사랑이 항상 생매장으로 끝난다

가슴에 동글동글 솟아난 무덤엔
아무도 뽑지 않는 무성한 잡초

언젠가 호랑이가 떨어진 수수밭의
떨어져도 죽지 않는 호랑이의
잘못된 기도처럼
붉은 울음

떡 하나만 주면
떡 하나만 주면
착해질 줄 알았는데
(떡은 심장에 좋은 수수팥떡)

그녀는 심장이 너무 오래 뛰어서
가슴속에 거듭 떨어지는 호랑이가 산다

스무 개의 발톱으로 자기를 묻는다

호랑이가 떡으로만 살 수 있는가
먹어서 배부른 것이 사랑인가
호랑이는 너의 핵심
해님 달님이 먹고 싶었다
그게 무슨 잘못이란 말인가!

작년의 포플러가 보내온 행운의 엽서

허리가 풍만한 여자를 보았네 짧은 흰 셔츠 밑으로 청바지 위에
둥글게 걸린 팽팽한 허릿살 그녀는 가슴도 풍만하지만
팽팽한 둥근 허릿살 때문에 나는 그녀와 사랑에 빠졌지
팽팽한 둥근 허릿살은 윤이 났네 내 그림자 가지 끝이
움켜쥐고 싶어 야단이 났지 그녀는 햇살 속을 풋, 풋, 풋
웃으며 걸어가네 비탈길을 빙글 돌아
때로 한 찰나가 영원을 잡아먹는 그런 사랑

허리가 풍만한 여자를 보았네 그녀는
중세 회화처럼 우아하지 풍만한 상체를 살랑살랑 흔들며 걷는
그녀의 발목을 나는 사랑했네 그러나 그건 아까 전의 일
그녀는 비탈길을 빙글 돌아가고 지금은 다만
따가운 햇살이 길 위로 아스라이 신기루를 만드는
여름 저녁의 한때

그녀의 풍만한 허리를 사랑할 줄 아는 누군가로부터
전갈이 도착했으면
비탈길에 빙글 돌아 동그마니 떨어진 찰나의

영원과 그 황홀의 엽서가 레스보스 섬에서 날아온대도
나는 놀라지 않아

이 엽서를 일주일 안에 백 명에게 보내면
당신도 비탈길을 빙글 돌고 아름다운 그녀 때문에
데굴데굴 구르게 되지, 하지만 용기가 있다면
한번 웃어넘겨보시지 세상을 아름답게 살지 않으면
어떤 기분으로 데굴데굴 구르게 되는지

고구마 연구실

연구실에서는 모든 것이 정지한다
19세기와 20세기와 21세기가 강강수월래 손을 잡을 때
연구실에서는 고구마 줄기에 덧붙여진 고구마의
고구마에 붙어 있는 여러 크기의 싹의
싹에 첨가된 가능한 여러 내일의
목록을 작성중이다

— 영구 프로젝트입니다 인류의 내일은
19세기와 20세기와 21세기의 고구마 줄기의
고구마의
싹의
내일이 어떻게 결정될 것인가에 달려 있거든요

최군은 쓰윽 안경을 올렸고
박군은 고구마를 씹어 먹었고
정군은 내일은 꼭 고구마에 물을 주리라 다짐했다

그러는 동안

19세기와 20세기와 21세기는 방사형으로 번식했고
최군과 박군과 정군의 엉덩이에는 곰팡이가 피었고
이유 따위는 포기하자는 비관적인 견해가 지배하게 되었다

그들은 보고서를 작성하기 시작했다

— 어떤 것은 이렇고 어떤 것은 저렇습니다
어떤 것은 둥글기도 하고 어떤 것은 아무렇지 않기도 합니다

'어떤 것'이라는 말을 빼시오!

— 모든 것은 이렇기도 하고 저렇기도 합니다
모든 것은 둥글고 아무렇지 않습니다

'모든 것'이라는 말을 빼시오! 21세기의 요청이오

— 그렇습니다 인류를 위해 비밀을 폭로하겠소
우리에게는 할 말이 없습니다 그리고
19세기와 20세기와 21세기는 완벽합니다
어떤 식으로든 안녕합니다
우리는 우리 말고는 배제할 것을 찾지 못했습니다

다음날 연구실에는 더 많은 고구마들이 배달되었으며
고구마 생장에 필요한 비용 일체를 부담하겠다는 후원자가 나타났다

최군은 고구마 줄기를 키워 탈출할까 생각했고
박군은 고구마만 먹고 살아볼까 고민했으며
정군은 내일 꼭 고구마에 물을 주리라 다짐했다
(고구마 잎은 지극히 아름다웠다)

시곗줄

1. 평일 오후 두 시의 어린이 놀이터

아무도 놀지 않는다
대체 시계는 왜 발명되어야 했단 말인가

2. 평일 오전 한 시의 어른들의 놀이터

부글부글
대체 무슨 일이 벌어지고 있는 걸까 (모르면 바보)
시계가 없다면
모두들 흘레붙다 돼질지도 모른다는
공포

일요일의 방파제가 가져다준 것

물새들은 네가 안 볼 때만 내려앉았지
검은 책을 끼고 걷다 시체를 밟은 건
겨울비 그친 일요일 아침

치대지 않고 오래 둔 반죽처럼
첫사랑은 물컹한 죽음의 냄새를 풍겼네

파도를 잊고 모래를 잊고
바람과 하느님을 잊은 채
오랫동안 너는 들여다보았나

들키지 않고 날아간 물새처럼
포착할 수 없었던 그의 표정과
증명할 수 없었던 그의 이름과

퉁퉁 불어 구울 수 없는 빵을
불가능할 미래를

태양맨션의 창문들이 일제히 빛나고
교회 종소리는 데워진 오븐처럼 따스했으나

엎어지면 코 닿을 지옥
끝내 게울 수 없었던 일용할 양식

하나뿐인 축축한 벗과 함께
너는 조금 무서운 사람이 되었네

그렇지만 우리는 언젠가 모두 천사였을 거야

우리는 때로 사람이 아냐
시각을 모르고 위도와 경도를 모르고
입을 맞추고 눈꺼풀을 핥고 우주선처럼 도킹하고 어깨를 깨물고
피를 흘리고 그 피를 얼굴에 바르고 입에서 모래와 독충을 쏟고 서로의 심장을 꺼내어
소매 끝에 대롱대롱 달고

이전의 것은 전혀 사랑이 아냐
아니, 모든 사랑은 언제나 처음
하루와 천 년을 헛갈리며 천국과 지옥 사이 달랑달랑 매달린
재투성이 심장은 여러 번 굴렀지

우리 심장은 생명나무와 잡종 교배한 슈퍼 선악과
질문의 수액은 여지없이 떨어져 자꾸만 바닥을 녹여 가령,
우리는 몇 시입니까?
우리는 어디입니까?
우리는 부끄럽습니까?

외로워 죽거나 지겨워 죽거나

지금 에덴에는 뱀과 하느님뿐
그 외 나머지인 우리는

입을 맞추고 눈꺼풀을 핥고 우주선처럼 도킹하고 어깨를 깨물고
피를 흘리고 그 피를 얼굴에 바르고 입에서 모래와 독충을 쏟고 서로의 심장을 꺼내어
소매 끝에 대롱대롱 달고

재투성이 심장으로 탁구라도 치면서 위대한 죄나 지을 수밖에
뱀마저 자기도 모르게 하느님과 연애한다는데

메타세쿼이아

그의 몸은 그의 제복이다
한세월 연대한 채 뿌리로 오래 행진한다

좋겠다 그는
자기의 몸이 자기라서

매일 바꿔 입는 나의 의복은
툭하면 달아나는 나의 천성과 닮았지

샘이 나 한자리에 발을 묻고 싶지만
다프네의 딱딱한 입술은 비극이네

아무 말이나 할 수 있었을지 몰라
혓바닥을 가진 나는

그러나 지금은 그의 계절이므로
펼쳐진 절도 앞에 숙연하다

나의 발바닥은 똥개의 발바닥처럼
아무 데나 갈 수도 있을 테지만

황금 바늘 비 쏟아지는 강서구청 앞길에서
두 다리를 주저앉히는 겨울 아침

어떻게 그가 여기에 있는가
어떻게 그가 지금 있는가

공룡들의 멸망을 목도하고서
공룡들의 멸망을 목도하고서

그가 움직이지 않는 것처럼 보이는 것이 두렵다

새벽의 전화

우리가 그것을 입고 있을 때
우리는 다소 안전했지
그런데 지금, 너는 이름을 벗었구나
나도 이름을 벗어도 좋을까
제 손으로 이름을 벗고 추워, 추워
바들바들 떨고 있는
이곳은 새벽의 전화

궁금해
네가 네 이름이 아니라면
네 이름이 어디서 무얼 하는지
누구를 족쳐야 알 수 있을까

다만 그가 네 목소리를 다녀가
흉내 낼 수 없는 눈빛과 입 매무새를 하고
이상하게도 그는
(약 오르지? 약 오르지? 약 오르지?)
너에 관해서는 다 알고 있다는 표정이야

불어, 어디다 빼돌렸는지
너를 어느 창고에 차곡차곡 물어나르고 있는지
나는 덩달아 흉내 낼 수 없는 목소리로
(아, 어디로 토낀 거지?)
그가 다녀간 네 목소리의 표정을 훑어, 막무가내
꼭꼭 숨어라 네 숨 속의 한숨
네 얼굴 속의 얼굴 속의 얼 속의 굴

네 이름이 너를 이르지 않는다면
내 이름이 나를 부르지 않는다면

견딜 수 있겠니
무늬도, 스타일도 없는
사람들이 사랑이라고도 부르는
이 측량 무한의 자발적인 추위를?

만년설(萬年雪)

— 아홉 살에 당신의 손이 할 수 있는 것

그해 겨울, 너의 혼자 놀기 목록은
파트라슈를 애도하며 빈 우유갑+먹고 남은 하드 작대기 둘+나무젓가락 한 짝+압정 하나로 풍차 만들기
색종이 은종이 금종이를 오려 만든 고리 수백 개 이어 붙여 성탄목 꾸미기
눈 쌓인 주인집 마당에 쌀 한 줌 뿌려 소쿠리에 막대 받치고 참새 덫 치기
의기양양해하기

대추나무 가지마다 참새는 소쿠리 밑으론 안 들어오고 낄낄낄 웃기만
대추나무 뒤에선 아침 햇살이 쌍쌍쌍 빛나고
길 건너 가겟집 아이 은경이, 아침 댓바람에 달려와 전날 이쁘다며 하룻밤만 데려간, 네가 봄부터 지렁일 먹여 키운, 당당히 볏도 솟기 시작한, 친동생 같은 수평아리가, 얼어 죽었다 한다

은경이 아부지와 은경이 동생 병찬이는 입술에 묻은 기름을 스윽 훔치고
그건 아무래도 영계백숙 국물 같고
배신이 금물이므로 의심은 자유여서
실 끝을 쥔 손은 벼린 칼처럼
거두지 못해 파랗게 얼었던 것이다

네가 만든 풍차는 바람이 불어도 돌지 않고

(그러나 직접 돌리면 반드시 돌고
— 돌고 싶을 때 무언가 돌릴 수 있다는 것은 얼마나 유익한가)
베들레헴엔 오는 눈도 가는 눈도
(그러므로 오는 눈길도 가는 눈길도)
영영 없었을 터인데

소철 성탄목 위엔 이제부터 사철 녹지 않을
탈지면으로 위장한 만년설

(참새야, 실컷 낄낄거려라
영리한 새대가릴 소쿠리 밑에 들이밀면
가족이 있는 것들은 죄
잡아서 구워 먹으리)

배부르다는 듯 트림을 한 번 꺼억 하고 부러 깔깔 웃어보았으나
그날 밤 생전 처음 자발적으로 일기 쓰기를;
"삐약이가 죽었다. 은경이 아빠가 죽였을 거다. 은경이 엄마가 끓였을 거다. 은경이 엄마 아빠와 병찬이는 먹었을 거다. 은경이는 어쩔 수 없이 먹었을 거다. 세상은 멸망할 거다. 은경이는 용서해주자."

여름 끝물에 거두어둔 나팔꽃 씨앗은 아직 책상 서랍 안에서
따따따 따따따 주먹손으로

따따따 따따따 나팔 꿈을 꾸는지 마는지
자기가 무엇이 될 수 있을지 없을지
까맣게 까맣게 모르고

상사(相思)

기다리면서 열매는 달아간다
숲
그늘에서 아가리를 벌린 그대의 목젖은 타들어가지

햇빛과 함께 밤과 함께 쏟아지는 스콜과 함께
붕붕거리는 벌 떼와 다른 열매들과
제 과육을 뚫고 나갈 수 없는 씨앗들과

육식의 심성을 지닌 초식동물, 그대
아가리의 경련과 함께
한 열매가 기다리며 닳아간다

집에 돌아와 십 년째 두문불출인 크루소 씨의 앵무새

오늘은 햇볕이 참 좋았습니다
바람은 몹시 차더군요
모두들 안녕하십니까?
엉? 모두들 안녕하냐구
빌어먹을, 모두 안녕하냔 말이야!

공격성은 안으로 향할 때만 도덕이 된단 말이다
아무 때고 테러해서야 안 될 말이지
자, 모두에게 사과해야지

오늘은 햇볕이 참 좋았습니다
바람은 몹시 차더군요
모두들 안녕하십니까?
아무 문이나 열지 마십시오
시체가 쏟아져나올지도 모르거든요

또, 또, 또, 말을 안 듣는구나
어서 죄송합니다,고 사과해

오늘은 햇볕이 참 좋았습니다
바람이 몹시 차서요
나갈 수 없었습니다
찬바람 부는 날이면 미치광이들이
창밖으로 화분을 떨어뜨리거나
차로 들이받곤 하거든요

아, 그거야 농담이죠
문을 연다고 설마
시체 같은 게 쏟아져나오겠습니까?
바람 부는 날 나다닌다고 설마
화분에 머리가 깨지겠습니까?
다만 창밖으로 머릴 내밀 때는 조심조심!
바람 냄새 맡다가 발을 헛디딜지도 모르잖아

불쾌하시다구요? 시끄럽다구요?
미안미안, 잠자코 있겠습니다, 헌데
제 어깨를 움켜쥔 그 단단한 발톱을
이제 좀 놓아주시겠습니까?

집에 돌아온 크루소 씨의 십 년 만의 외출

나는 그를 알고 있다
그는 우리 아파트 앞 동에 살고 있었다
아무도 없는 일요일 오후에 그는
아내의 화장대 거울 앞에 서서
웃통을 벗고 자기 알통을 구경하곤 했었다
그런 그가 죽다니

주민들은 그가 아내와 다투는 소리를 들었다고 한다
그러다 돌연
베란다로 돌진하여 투신
("저는 화분을 던지려는 줄만 알았어요")
그의 몸은 순식간에 그에게서 벗겨진 것이다
웃통은 갈갈이 찢겨져 있었다
조금만 혼자 있을 시간을 주었더라면
담배를 태우며 집 안을 서성이다가
아내의 거울 앞에서 웃통을 벗고
팔뚝에 힘을 주었을 텐데
그러고는

화해의 편지를 썼을지도 모른다

나는 그를 알고 있다
언젠가 우연히 자정 넘어 함께 택시를 타게 된
그는, 사람을 살게 하는 것은 아주
사소한 것들이라고 했다
("거울이나 화분, 같은 깨지기 쉬운 것 말입니다")

그러나 오늘, 그의 팔뚝은 사후경직되어
내던져져 있다
("화장했어요 어쩌겠어요 수습할 수 없어요")
그의 거울 앞에서 아내는 옷깃을 떨고
감당할 수 없다 앵무새 깃털

크루소 씨네 옆집 반상회에 갔더니

집에 돌아온 지 십 년 만에 처음 외출한
크루소 씨네 도둑이 들었대
없어진 건 앵무새 말곤 없었지
깃털이 흩어진 게 암만해도
범인은 고양이일 거라 이름이
금요일이라고도 하고 크루소 여사라고도 하고
아무튼 뭔가 잡아먹은 듯 붉은 입술이더라지
발코니엔 흩어진 화분들뿐
집에 돌아온 지 십 년 만에 처음 외출한
크루소 씨는 그 뒤로도 계속 외출중이야
십 층짜리 아파트에 도둑고양이가 웬 말? 어쩌면
죽은 크루소 씨라고도 하고 금요일인지는 몰라도
누가 승강기를 같이 탔다고도 하고
주차장에서 봤다고도 하고
아무튼 말을 걸더라는 거야 자꾸
귀찮아 죽겠는데 자기 어깨에서
발톱 좀 떼달라고 이 작자가 돌았나
없어진 게 앵무새뿐이라는데

여자는 울고 불고 난리야 자기가
죽였다면서 뭘?
크루소 씨라고도 하고 앵무새라고도 하고
금요일이라고도 하고 고양이라고도 하고
크루소 씨는 그 뒤로도 계속 외출중이라
아무 상관 없을 텐데도
아무 상관 없을 텐데도

크루소 씨네 도둑고양이

신발장에 긴 부츠를 구겨넣으며 그녀는 문득 생각한다
낙천적(樂天的)이야 종달새 적 옛날 얘기지
혼자서도 서럽지 않던 용감했던 어린 시절
다 지난 얘기지

아무도 마중 않는 서늘한 문어귀
저 안에 어둠바라기
자기 이름을 대신 부르는
지난밤의 꿈

내 가족이야 나뿐이지
세상 전부가 식구(食口)고 먹는 입투성이고
목구멍 같은 포도청 같은 불 꺼진 거실에 들어앉은
어둠바라기 니야옹
내 이름을 대신 부르는 밤바람, 문틈에서
들까 날까 망설일 때

아니야 당신이 없는 당신 집이 좋아

내 집도 당신 집도 아닌 아무것도 아닌 우주에서
난 잠을 자 내가 모르는 당신이 어제 꾼 꿈들을
수런거리며 일러바치는 먼지들과
당신의 그 잘난 앵무새
왜 남의 추억은 항상 촌스러울까

이 순간만큼은 아무런 감정도 없어
난 잠을 자 니야옹

크루소 씨가 없는 세계

오늘은 금요일,
햇볕이 좋았어요
하지만 바람이 불어 나갈 수 없었죠
붉은 깃털이 휘날리는 황폐한 사방 벽 사이에서
나는 그냥, 있었다가 없었다가
머리칼 같은 어둠이 내리자 벽들이 다가왔죠
당신의 말들이 밤마다 벽에 씌었다 지워지기를 여러 날
앵무새를 찾으러 간 적도 있어요
일주일에 한 번은 금요일이 와요
당신 옷을 입고 있어요
무언가 받을 것이 있다는데
언제나 말끝을 흐려요

사람들은 당신이 위층에 산대요
내가 보지 않을 때에만 당신이 돌아온다는 걸 알아요
당신이 외출한 뒤 수상쩍은 일들은 시작됐죠
거울 위의 얼룩은 아침마다 자리가 바뀌어 있어요
치워도 치워도 날아다니는 앵무새 깃털들은

어젯밤 드디어 말을 배웠죠
바람 불 때마다 문짝귀가
불길한 속사정을 털어놓으려 해요
어제 닦은 그릇과 오늘 닦고 있는 그릇 사이에서
기인 한숨 소리가 들린 것도 그즈음이에요
형광등이 깜빡이는 불규칙한 주기 속에서
고양이 털과 고양이 털 사이의 질량의 차이로
그것들이
그것들이
죄 주장하기 시작했어요
이 무서운 풍요
내 말이 내 귀에 닿지 않아요
중요한 게 아무것도 없어요

중요한 게 정말 아무것도 없으면 어떡할까요?
이 섬이 그 섬일까요?
금요일이 오지 않을까 걱정이에요
주기적으로 오니 기다리지 않을 수 없어요

크루소 씨의 일기

금요일이 왔다 문 뒤에 숨어 있어도
숨소리가 들려 금요일이 부채를 받으러 왔다
나는 유감이라고 했었다 그것으로 부족하단 말인가?

그는 넥타이를 매고 있었다 속도의 밤은 깊고 거대하게 진행되고
그가 오는 시각은 언제나 한밤중
금요일은 아내에게서 무엇인가 의뢰받았다 한다

너와 나의 항해는 아름답지 않았는가?
꼬리를 끄을며 천구를 함께 지나간 쌍둥이 유성처럼
우리의 순간은 희귀하고 영원하다, 라고 나는 말했다

내 두 볼기짝은 다시는 햇볕을 쪼일 수 없겠지
우리는 모험을 다한 화석
나는 이제 고양이를 키운다, 라고 그가 말했다

나는 유감이라고 했다 그것으로 부족하단 말인가?

자꾸만 금요일이 온다 문들을 닫아놓아도 어둠 속에 떠다니는
하얀 눈자위 하얀 손바닥 하얀 이빨 흐으흐으 키쿠키쿠 그르렁그르렁
웃음인가 울음인가 앵무새는 자꾸만
문을 열거나 닫으라 하고 안녕하냐 하고 금요일이
무섭다
나는
유감이라고 했는데
그는 모든 문 속에 숨어 있다

크루소 씨네 섬이 있다
— 금요일의 잠복 일지

크루소 씨네 섬이 있다
크루소 씨는 그 섬에 갈 수 없었다
불가능한 크루즈를 꿈꾸며 그는 구명보트에 올랐다

2차 시도가 없는 다이빙
표면장력은 무한대
실력은 형편없었고
그녀는 그의 거울 앞에 앉아 화장을 하고 있었다

그녀는 옷깃을 떨며 동그란 빨간 입술로
쌩 갓, 이츠 프라이데이!
라고 중얼거리는 듯했다

수위는 자꾸만 내게 어디에 왔냐고 물었다, 여기
낡은 자동차와 카메라와 망원 렌즈 그리고 수첩과 함께
나는 그의 말을 모르는 척했다, 파돈?
(그건 우리 엄마의 혀가 아니에요)
아이 엠 더 썬 오브 더 레이디 비너스

아버지는 내게 이름을 주었지
아버지는 앵무새와 떠나버렸지

(그래, 나는 여기 앉아 있으면 되는 거였어
앉아서 노래를 하면 되는 거였지 태양과 파도의 노래)

아버지는 내게 이름을 주었지
아버지는 앵무새와 떠나버렸지

깨뜨릴 샴페인 한 병 없어도
돛은 가슴이 부풀어 해원을 달렸네

((내가 받은 사과마다 독이 발리어 있었을 줄이야!))

아버지는 내게 이름을 주었지
아버지는 앵무새와 떠나버렸지

깨뜨릴 샴페인 한 병 없어도
돛은 가슴이 부풀어 해원을 달렸네

(후렴) 나비야, 살금살금 다가가서
건방진 모가지를 물어다주련?
나비야, 살금살금 다가가서
막돼먹은 혓바닥을 뽑아다주련?(x2)

크루소 씨의 일요일

연극이 끝나자 관객은 침묵했다
어깨에 앵무새 한 마리씩을 동행하고
하얀 눈자위 하얀 손바닥 하얀 이빨을 드러내고
그들은 빨간 동그란 입술로 중얼거렸다

저건 너의 이야기야
너는 여기에 가득하고
너는 앵무새로 하여금 대신 말하게 하고
너는 사악하며
언제 깨질지 모르는 화분이나 거울을 닮았다
너는 사소하고
사소한 것들은 한결같이 분명하지

그들은 애써 웃으며 돌아간다
완성된 혼란 속에서

안녕한가?
오늘은 햇볕이 좋다

하지만 바람이 불어 나다닐 수 없군

머리 위를
발밑을
모든 문들을 조심하라
다시 한번 깨어진 유리 조각을 밟으리라
마치 처음 그러는 것처럼*

* 기유빅(Guillevic), 「다시 한번(Encore)」의 변형. 전문은 다음과 같다. "다시 한번/ 그대는 조약돌을 주우리라// 마치/ 처음 그러는 것처럼."

무당벌레

유흥가에서 길을 잃고 친구를 찾아 점(占)집에 간 어느 밤

내 등딱지엔 '고(孤)' 자가 새겨져 있다고?

말해봐
나의 전면(前面)보다는 너의 배후(背後)랄까
네 날개는 무슨 글자로 봉인됐는지
네 탈바꿈은 순조로웠는지

낮은 불빛 아래 네가 찍어대는 멧새 발자국
그 암호는 난해한 시처럼 해설이 화려하다

나이 예순이면 돈으로 고독을 지울 거라고?

말해봐
나의 하오(下午)보다는 너의 자정(子正)이랄까
깊은 산에 들어가면 덜 외롭던지
적막에 귀먹을까 네 좆과 울어본 적이 있는지

연민을 배운 너의 눈은 본래 하상백안(下三白眼)
무당이 안 됐으면 지금쯤 큰집에 있었겠다

부모 형제 떠나야 잘될 거라고?

어미와 단칸방에 자고 일어나 실연한 여자들의 부적을 그려주는
너의 명함엔 낯설게도 '無形文化財', 그 옆에 쓰인

이봐, 친구, 너의 어려운 한자 이름을 나는 읽을 수가 없다

타고난 정신과 의사처럼 사무적으로 돈을 받는
두툼하고 뜨끈한 손은 다정(多情)이 병일 텐데

네 단단한 배후에 잠시
푸르르 숨 쉰 구겨진 날개 한 쌍

너의 어미는 저기 더러운 발 뒤에 숨어
날마다 파격 특가 홈쇼핑을 보고 있으니

말해봐

고독은 대물림이 아닌지
네 벼린 눈빛은 낮은 포복에 익숙한지
이 뜨거운 친교가 왜 단돈 만 원인지

어제의 거울과 오늘의 쇼윈도 사이

제 얼굴에서 점을 뺀 사람들이
하나같이 점을 빼라고 종용하는 세밑

점을 뺀다고 태생이 환해지지는 않는다
물론, 당신은
어제와는 다소 다른 사람이 되었지

혼신의 힘을 다해 명상중인 저 작은 번데기
물론, 그가
우아한 나비의 일족이라는 보장은 없다
그러나 그는 제 무덤의 침묵 속에서
비로소 존재하기 시작한다

오래 버릴수록 빛나리 위대한 풍습은
쉽사리 완성되지 않을 것이다

당신은 이제 좀 지쳤어요

누렁이와 만나면 누렁이와
바둑이와 만나면 바둑이와
매리와 만나면 매리와

국밥을 주면 국밥을
사료를 주면 사료를
제 똥밖에 없으면 제 똥마저

모퉁이가 있으면 골목길에서
대문이 열려 있으면 작은 앞뜰에서
안방 문이 열려 있으면 이불 속에서

천변의 무례한 모닥불 속으로
차갑고 게걸스런 수술대 위로
자유로 덤프트럭 바퀴 아래로

돌고 돌리고
먹고 먹히고

가위

비 내리는 금요일 오후, 너는 방바닥에 송장 자세로 엎드려본다
고개를 왼쪽으로 틀고 오른뺨을 바닥에 내어주면, 네 몸의 정면은 거대한 따귀를 맞는다

(양심, 이다지도 쉬운 고통이라니!)
죽이고 싶기도 살리고 싶기도 한 애인이 방구석에서 신경성 위염으로 뒹굴고 있는 비 내리는 13일의 금요일 오후, 너는 송장 자세로 엎드려 이제까지 땅과 바다로 흘러들어간 냄새나는 인류의 시간에 관해 생각한다 충분히 역겹고 충분히 이해할 만한, 다시는 인간이 될 수 없는 역사

(내가 흘린 모든 것이 나의 형상을 가지게 된다면 그것은 나에 대해서만은 백전백승일 거야
((밥풀로 만든 소 무쇠로 만든 소, 아아 더럽고 무서워 그걸 누구에게 준다지?))
(((이런 게 사랑일까?)))
하느님이 자기가 흘린 냄새나는 종족을 내버려두는 덴 다 이유가 있는 거야)

좀비들이 자기를 제외한 세상 모든 사람들의 비유라고 생각하겠지, 그는
우리가 흘린 우리가 우리를 목 조르는 것을, 서로 헐뜯고 씹고 물고 빠는 것을 보면서도 우리는
어차피 세계는 거대한 조롱인걸, 중얼거리며 너는

고개를 돌려본다, 왼뺨을 내주어도

네가 "그만!"이라고 말할 때까지
네가 소환한 너의 웬수 같은 하느님은 황폐한 발바닥으로 너의 등짝을 밟고 서서,
(양심, 이다지도 더러운 고통이라니!
이토록 탐욕스러운 발바닥이라니!)

떠도는 별

몸이 가벼워 용감한 별들은
언제고
정들어 더러운 집을 떠난다

마을이 검은 그림자를 드리우고
창백한 철쭉꽃 무리, 어스름 속에서
짐승 이빨처럼 사납게 빛나는
간악한 봄밤

단 한 번 부드러운 입맞춤도
맞잡은 두 손의 가느란 떨림도
오랜 세월 단 하나 사랑한 이름이 (맙소사)
아주 벌써 바스라진 작년의 나뭇잎

피뢰침에 초승달을 뾰족하게 꽂아두고
옥상에서 마지막 담배를 나누어 태우며
별들은 백만 광년 먼 웃음을 깔깔거린다;

오늘은 언제나 마지막 오늘,
갈 데까지 가다오 정든 형제여
멀리 돌아 와다오 더러운 사랑

모래의 향방

서로의 외로움을 나누어 짐 지지 않겠다고
마음에 자물쇠를 걸고 들어앉은 봄밤
모래바람은 황망하게 불어오고
난분분한 꽃 소식 기다리는 입 매무새들

너는 어딘가 가려 했지
나는 어디에라도 있으려 했지
우리가 보고 듣고 만진 것은 모두 먼지가 되어버려 특별히
어루만진 것들, 대체 얼마나 쓸어야 채색한 유리가 되나

재수 옴 붙은 단단한 손마디
우리는 손만 보고도 주먹을 떠올리고
그건 타당한 예감으로 증명되었어 그러나
결국 그렇게 된 건 결국 그렇게 생각했기 때문이 아닐까

질문의 사방 벽에서 벗어나겠다고
따로 떨어져 마음에 자물쇠를 걸고 들어앉으면
바람이 몰아오는 모래 알갱이마다

따륵따륵 씌어 있는 너의 이름

너는 어딘가 가려 했지
아무것도 너를 떠올리지 않는 곳으로
혼자서도 유리가 될 수 있는 곳으로

인간의 시간

한 사내가 쇼윈도 앞에서 망설이기를 여러 날,
드디어 결심했다는 듯 문을 열고 성큼성큼 걸어들어가 그것을 집어들었다
그는 오래 눈 맞추어 제 것이 된 그것과 함께 집에 왔다
그것은 물건이 아니다 그것은 그의 것이다
그는 그것을 그것의 방식대로 놓아두었다
그것은 그의 집을 제 집으로 삼았다
그것이 걸어다녔는지, 식물이나 광물이었는지 알려지지 않았다
그것의 영향력이 입자라고도 하고 파동이라고도 했다
그것은 때로 침울하기도, 밝게 빛나기도 했다
— 한 삼십 년 지나면 모든 촌스러운 것은 예술이 되지요
사내는 말했다
그것은 수줍게 웃는 것 같기도 하고 관심이 없는 듯 묵묵해 뵈기도 했다
그것은 자기(自己)인 듯도 하고 사기(詐欺)인 듯도 했다
분명 손거울은 아니었다
어느 날 잠에서 깨어났을 때 그것이 사방에 배어 있었고, 사내는 견딜 수 없었다
— 삼십 년은 너무 깁니다!
그는 한바탕 울고 크게 즉흥시를 읊었다
그는 그때 단 한 번, 누구도 흉내 낼 수 없는 위대한 예술가가 되었던 것이다

감당해야 할 인간의 시간이 입맛을 다시며 다가왔다

1991년, 동춘 서커스단

교문을 나서면 카바이드 불빛 아래 흐드러진 꽃다발 다발들
서울에 동춘 서커스단이 왔다
거대한 천막은 사람 없이 나부끼고
공중그네를 타던 여자와 남자
눈을 가린 채 손을 맞잡고 아슬아슬 세계를 여러 번 횡단한
그들은 왜 체조 선수가 될 수 없었을까

그 봄, 모르는 그녀가 죽었다 눈이 동그란
그녀는 떡장수의 딸
길 건너 동춘 서커스단 천막 지붕은 쓸쓸허니 휘언하고
교단 철쭉은 떡 먹은 벙어리처럼
오래 충혈되어 있었지
죽음 따위 서커스와는 아무 관련 없었네

도열한 군중 속에서 오열이 새어나올 때
피로회복제를 한 병씩 빨며

눈을 꾹 감고 왔네 그네에 발을 걸친

모두가 익숙하게 더듬으며 손을 잡았다 떼며

그 밤, 둥근 천궁에
돌아가며 쏟아지던 별빛 표창들
어리둥절, 가볍고 결백한

이 감정은 큰길 얼룩 고양이처럼 깔려 죽은 지 오래
이제는 방석으로 쓸 수도 없지
낡은 수치(羞恥)
가끔 뜻 모를 울음을 터뜨리는 꿈
그러나 동춘 서커스단에 관해서라면,

Absolute K (1966.2.16~2008.6.9)

마침내 우리는 편지에서 뛰쳐나와
맨몸의 영혼으로 만났습니다

하마터면 따라 웃을 뻔했어요 하지만
미소 뒤에 병풍 뒤에 첫사랑의 주검을 두고
고깃국을 먹는 건 어쩐지 으스스한 일
뜨거운 것들은 모두
김을 피워올리다 별안간 식어버리죠

뒤늦게 당신의 삶을 잘게 찢어 먹는다는 생각
너무 오래 끓인 고기는
젖은 편지지처럼 싱겁기 짝이 없다는 생각
한 번도 본 적 없는 당신의 맨발은
불 꺼진 빵집 진열장에 놓인 어제 구운 식빵처럼
가지런하고 적막할까요

귀여운 여자가 당신 어머니 품에서 울고 있어요
당신에게도

편지 바깥의 삶이 있었나요

18년 동안의 편지가 창틈으로 거듭 들이닥치는
오늘,
우리의 안녕은 흐리고 때때로 소나기
글자들은 날아오르고 싶어 견딜 수 없는 표정이네요

하얗고 얇고 가벼운 것들은 모두
비행에 지친 새처럼 축 늘어졌습니다

하필, 사랑

이건 나/너의 세계 하필이면, 심해
어떻게 나/너는 그렇게 춥고 캄캄하고 척척한 곳에 살고 있는 거라지? 얼마나 오랫동안 있었기에 나/너는
눈이 멀고, 울퉁불퉁 추한 몸뚱이를 가지게 되었나? 그, 미끼처럼 달고 있는 가짜 등불은
언제 발명했나? 백 년 전? 천 년 전? 몇 개의 문명이 멸망하기 전?

나/너의 못생긴 무서운 사랑을 얼떨결에 받아들고
너/나는 운다 슬프다 못생긴 무서운 사랑이 네/내 손주박 안에 담겨 있다 받아먹을 수 없는
더러운 사랑이 악취를 풍긴다 사랑이
못생기고 무섭고 더러운데 던져버리지 못하고

보면 볼수록 못생겼구나 이것도 사랑이라고
심장이 들었구나 파닥파닥 손바닥에 고동치는 더럽고 무서운 사랑을 들고 너/나는
충분히 용감하지도 지혜롭지도 않은 너/나는
눈 감고 숨 참고 하염없이 왼쪽 귀를 기울여
못생긴 심장의 나지막한 허밍을 듣는다

네/내 눈을 줄 것도 아니면서
그렇게 될 것도 아니면서

마치 영원히 이럴 수 있다는 듯이

한 길 사람 속이라 해볼까

시계가 가는 소리, 아니, 긁은 소리, 긁은 세계가 가는 소리, 아니, 오는 소리, 긁은 한 세계가 가고 가는 한 세계가 오는 소리
서로 다른 방향으로 흘러가는 조류의 층들을 내려가면
가장 깊은 바닥에 웅크리고 앉아
못생긴 무서운 더러운 심장을 두 손에 담아들고 네/내가
귀를 앓고 있다, 귀를 앓으며
네/내가, 하필, 있다니! 없지 않고 있다니!

귀앓이라 해볼까

너/나의 영혼은 썩지 않을 텐데 (썩지 않을까?)
나/너의 영혼은 네/내 껍데기 속에 살지 않는데 (살지 않을까?)

중천을 떠도는 원귀처럼 떠나지 않는, 이 타르 괴물 같은
아으, 끈적하구나, 정말, 엿같이
네/내가 언제 나/너와 이렇게 단단히 붙어먹은 거니? 그러니까
이거, 네/내 건가? 알고 보니 네/내 세계인가? 네/내가 부인해온, 네/내 심장의 벌거벗은 진상?

누가 누구에게 주었던 걸까, 하필이면 이 냄새나는 마음을 이거, 원래 네/내 거였니? 이것만 던지면
수면으로 올라가는 거? 야광 해파리처럼 반짝이며
하늘하늘 떠다니는 거?

그럼,
죽는 건 누구? 사라지는 건 무엇? 있었던 건? 못생긴 지느러미와 흔적만 남은 눈, 파닥거리던, 손바닥에 남은 생생한 느낌, 역겨운 비린내, 흘러나오던 어둠의 진원지, 그 가없는
무게는? 잊어야 하나? 알아도 되나? 알 수 있나? 모르면? 떠오르면? 만나면? 다가오면? 이건? 저건?

뽀글?
뽀글?
뽀글?
뽀글?

물음표들이 솟아오른다 너/나 대신 나/너 대신 조막만한 더러운 마음 대신 어쩌면
우리는 우리의 소재지를 찾은 것 같아 이야호! 드디어
아가미를 발명했나봐 답이 안 나오면 질문을 바꿔가며
이거 봐 아직 죽지 않았어

아틀란티스라 해볼까

하필이면 멸망한 잊혀진 대륙, 아무리 애써도 상기할 수 없는 망각의 심해에서
하필이면 더럽고 무섭고 못생긴 심장을 들고 우리는

발꿈치를 들고 사뿐사뿐 걸어도 좋은지
우리는 가난한 정신의 귀족이며,
우리는 가난한 정신의 귀족이건만

장마

홀로 차를 마시면
찻잔 바닥에 남은 얼룩은 우스꽝스럽고
여기까지다, 얼룩은
희랍어 신탁처럼
갑골문자처럼
난해하다 읽을 수 있는
모든 예상 밖으로 시간은 날아가고
종착지가 아니라 비행이라고, 얼룩은
마시고 또 마셔도 지층처럼 막장에
도사린 괴물이라고
얼굴이
풍경이
반투명으로 켜켜이 쌓이는
홀로 차를 마시는 시간

죽은 시간들이 부족한 애도를 모아
뭉게뭉게 우울을 짓더니
한 모금씩 투명해지는 너를 두고

하늘의 모든 물들이 내려왔다

Sagittarius Rising

언제나 명심해야만 했다 모든 순간은 단 한 번뿐
이 사실을 기억하느라 우리는 순간들을 소모해버리고 말았다

기억이란, 안간힘
기억할 거리를 만들지 않으려는

주여,
왕들은 비단처럼 매끄러운 슬픔을 띠고 지하도를 배회하며
거지들은 붉은 매듭을 두르고 첨탑으로 올라가나이다
(다 함께) 우리를 구원하소서

안타까운 위락의 손짓 발짓에 감기는
하, 반짝이는 찰나의 파고(波高)는 언제 무너져내리는가

순간을 노리는 사수의 팽팽한 시위
별들아, 상처 받은 어린 짐승들에게서
흔들리는 눈빛을 읽어다오

주여,
우리의 위락이 우리의 고통을 상쇄하지 않고
우리의 명랑이 우리의 우주적인 비극을 거스르지 못하나이다
(다 함께) 당신의 죄를 자백하소서

자살한 여배우

— 이상한 와신상담(臥薪嘗膽)

난 처음부터 그녀가 싫었어 언젠가 자살할 것처럼 생긴 여자를 평일 밤 드라마에서 보는 건 괴로운 일이었지 잔인하게 처진 입꼬리 절대로 웃지 않는 눈 자기 안에 울타리를 구백아흔아홉 겹이나 쳐놓고 들어앉아 당신은 날 이해할 수 없을 거야, 라고 말하는 듯한 그늘진 얼굴

난 처음부터 그녀가 싫었어 특히 새된 목소리와 굽은 다리가 정말 싫었지 섹시한 데라고는 한 군데도 없었어 삐쩍 마른 것도 싫고 액체만 먹으며 연명할 것 같은, 육신의 소망은 안중에도 없는 듯 도도하고 납작한 이마가 정말 싫었지 홀쭉한 볼도 싫었어 이미 생명력 같은 건 보이지 않았다니까

저런 여자를 어디선가 본 적이 있어 기척 없이 걸어다니는 저런 사람들은 어디에고 있었지 욕조에서 물이 까만 수챗구멍으로 빠져나가는 것처럼 오랫동안 알아챌 수 없는 거야 그러다가 어느 순간 코로로로로로록! 커다란 소리를 내며 빨려들어가는 마지막 소용돌이 물살을 보면 사람들은 아는 거지 아, 이제 저기는 비었구나, 하고

오래전부터 준비되어온 충동인 거야 그녀는 별안간 다른 세계로 건너가버리고 우리는 소외감을 느끼는 거야 혼자 전부 따돌리는 거야 그럼 나처럼 삐뚤어진 인간은, 순간, 자존심이 상하는 거야 제 마개를 제가 뽑아버린 독한 것! 뭘 그리 잘났다고! 그러면서 아주 반대되는 소망을 품고 와신상담에 들어가는 거지

젠장, 아주 오오오오오래 살아남아서 이 생(生)에서 맛볼 수 있는 모든 쓴맛 단맛을 마지막 한 방울까지 쪽쪽 빨아먹고 가겠다고
나의, 나를 위한, 나에 의한, 가장 독재적이며 민주적인 마지막 위락(爲樂)을 포기하면서

독감유감

독감이야 독감은 감기가 아니라고 해 머리부터 발끝까지 땀에 절었다 얼었다 꿈에서는 빨간 드라이버를 든 남자에게 쫓기고 모르는 노인의 죽음을 지켜보았어 아무 데도 가지 못했어 아무것도 하지 못했어 다만 살아 있는 것은 식욕뿐이야 알약들을 집어삼키고 정치 토론 따위를 보고 다만 나른한 것은 나의 시력이야 대통령이 죽었다든가 엄마가 납치됐다든가 첫사랑이 십 년 만에 돌아왔대도 놀랄 건 없었어 작년이었으면 우린 따끈한 정종을 먹으러 갔을 거야 학교는 추웠어 올해 들어 처음 간 학교에서 독감에 걸렸다니까 독감은 감기가 아니라고 해 지도교수는 지도를 해주려 했지만 나는 말투에만 정신이 팔렸어 글을 쓰면서 거짓말한다는 기분을 느껴보신 적이 있으신가요? 만일, 내가, 그러니까, 가령, 타조 알 공예에 엄청난 재능을 가지고 있다는 사실을 우연히 발견한대도 글을 쓸까 말까 타조 알 반숙은 몇 분이나 걸릴까 열이 나고 기침이 시작되었어 지도교수가 잠깐 일을 보러 간 사이 나는 책들에 둘러싸여 책들을 바라보지 않으려 노력했어 책상에 머리를 박고 주먹으로 이마를 괴었지 책상에 나무 무늬가 어지러웠어

그때 알게 되었어 내게는 태도가 없다는 걸 이 결정적인 결핍을 어떻게 위장해야 좋을까 거짓말이야 독감이야 1차 세계대전에선 총 맞아 죽은 사람보다 독감으로 죽은 사람이 더 많았대 '스페인의 숙녀' 단골 술집 동갑내기 사장은 촛불 들고 나갔다가 붕대를 감고 왔어 나는 당원이야, 라고 했지 돌쇠처럼 생긴 목사 아들 베이스 주자도 당원이래 열등감을 느꼈어 빵집에서 일하려다 그만뒀지

독감이야 이게 감기가 아니라면 대체 뭘까? 빨간 드라이버는 앞사람에게 귓속말로 다음에 만나면 XXX를 죽여버리겠다, 고 해 내 이름을 어떻게 알았을까? 나도 빨간 드라이버의 이름을 알고 싶은데 그는 자기 이름을 말하지 않아

살아난 백설공주의 미래에 대한 불안

고등학교 때 불어 선생은 처절하게 아름다웠다
조막만한 하얀 얼굴 커다란 눈 흑단 같은 머리 피처럼 붉은 입술 바비 인형의 몸매 아아, 그녀는 나의 백설공주!
그녀가 교과서를 읽을 때마다 울리던 동글동글한 음률은 또 얼마나 황홀했던가
졸업 후 모교 앞에서 우연히 마주친 그녀의 아름다운 얼굴에는 팬지처럼 푸른 멍이 활짝 피어 있었다
꼬멍 딸레 부? (결혼하셨다면서요?)

그리하여 백설공주의 마지막 장면은 다음과 같이 수정되어야 했을 것이다;

아, 공주, 살아났구려 이렇게 꿈 같은 일이! 아름다운 당신을 나의 궁전으로 데려가겠소
……
부디, 안 그러셔도 돼요 삼 년쯤 지나고 나면
눈처럼 하얀 얼굴은 창백할 거예요
흑단처럼 검은 머리는 우울할 거예요
피처럼 붉은 입술로 일곱 난쟁이와 무슨 짓을 하며 세월을 보냈냐 캐물으실 테죠
사냥꾼에게 뭘 주고 목숨을 샀는지 궁금한가요?
낯선 사람에게 문을 열어주지 말라고 신신당부했는데도 가련한 노파에게 세 번이나 문을 열어준 나의 동정심을,
유혹에 약한 천성이라 생각하겠지요
당신은 내가 죽어 있었기 때문에 날 사랑한 거예요

내가 울고 웃고 말하고 걸어 돌아다니면 당신은 사시나무처럼 벌벌 떨 거예요

새엄마의 거울을 베개 밑에 넣어두고 '세상에서 가장 아름다운 사람은 백설공주'라는 말을 들을 때마다 얼마나 가슴을 쥐어뜯을까요?

내가 죽어서 가만히 유리관에 누워 있었더라면 좋았을 거라 후회할걸요?

눈처럼 하얀 얼굴, 흑단처럼 검은 머리, 피처럼 붉은 입술은 나에게 내려진 저주예요!

그녀는 뱉었던 사과를 주워 흙을 털어 집어삼키고 조용히 눈을 감는다 일곱 난쟁이들은 땅을 치며 울다 왕자에게 덤벼들어 왕자의 눈을 뽑아버린다 사랑은 **봉사**다 (무슨 뜻인지는 엄마에게 물어보세요)

사물, 그 쓸쓸한 이름을 위하여

사물, 그 쓸쓸한 이름을 위하여
우리는 아직 쌩쌩한 콧구멍으로 콧방귀를 뀌고
헤프게 헤프게 사랑을 하고
머리는 옆구리에 끼고 달려 달려가며
낄낄거리는 달빛에
서로의 창백한 얼굴을 들여다보는 거지
시간의 물결은 두 몸뚱이를 휘감으며

서서히 해체되어 바람에 흩날릴 그날을
리허설이라도 하려나봐!
밤의 휘장이 열리면 어둠은
무심코 건드린 모든 살아 있는 것들의 얼굴에
검댕처럼 문질러 발리고

우리는 웃고 또 웃었지
우리가 마침내 도달할
기다려 마지않는,
다고 거짓말도 할 수 있을

사물, 그 쓸쓸한 이름을 위하여

취하고 또 취했건만
만나면 그곳에 없는
어둔 욕망의 화려한 위장술
달려 달려가며 사방에 어둠을 뿌리며
(기쁨으로 단을 거두리로다)
울먹울먹 발자국에 고이는 새벽
잠든 네 얼굴에 내리는 빛 부스러기

사물이 따뜻할 수 있다면 그건
우리가 마지막 잉걸불로 다 타고 난
아주 잠시뿐
지금
벌어진 너의 입은 무슨 광물(鑛物)인 듯 번쩍이지만.

부루의 뜨락*

명동(明洞) 골목 한구석에 굳게 닫힌 붉은 문
열리지 않아 중요하다는 듯 노란 불빛이 문을 비추고
아무려나, 빛바랜 골목은 아늑했네 우리는
맞은편 부루의 뜨락** 투명한 유리창 속에 쪼그리고 앉아
싸고 쓸 만한 상춧잎을 고르듯 먼지 쌓인 낱장의 소리들을 뒤적이며
지나치듯 물어볼 수도 있었지;
(어, 어떤 세계를 워, 원했습니까)
((여, 여기보다 더 푸, 푸른 풀이 자라는 곳?))

눈을 들면
읽고 싶어 열지 못한 책 표지처럼 굳게 닫힌 붉은 문
그 너머엔 아름다울 이국식 화원
아무려나, 저 문은 처음부터 닫혀 있으려 세워진 듯하고
이젠 심지어 누가 세운 것 같지도 않아
상기된 얼굴의 관광객이 드라마를 사려 걸음을 멈출 때
'세상을 팔아버린 사나이'***
(관객들의 환호)
((그는 나, 나, 나가고 싶었습니까))

일평생 햇볕 따위 쪼이지 못할 불우한 볼기짝을 가진
우리는 모험 없는 화석
아무려나, 우리에겐
튼튼한 발바닥 한 켤레가 있는 것인데,

* 명동 중국대사관 골목의 중고 음반 가게.
** 부루는 상추의 옛 이름.
*** 자살한 커트 고베인이 이끌었던 밴드 너바나의 곡, 〈The Man Who Sold the World〉.(원곡은 데이빗 보위.)

이 즐거운 여름

— 네 눈 속의 나의 눈을 들여다보았을 때

잘난 척 같은 건 다 그만두고 싶었어
나는 사실은 물이야 아무 데로나 흐르고 싶어
어항 같은 것은 도랑에 던져버리고 (산산이 부서지라지)
가시 돋친 혀에 찔리지 않고
차가운 시선에 얼지 않는
응, 나는 파란 물인데, 아무 데로나

구름으로 떠올랐다 비로 내렸다 그렇지만
네 눈가에도 꼭 흐르고 싶은
파란 물인데
지금은 칼로 물을 베는 시간
아지랑이의 시간
금 가는 시간

이 부글거리는 시간들에 다 스며들고 나면
요동하는 내 심장의 충혈된 지느러미가
축 늘어지고 나면
물거품이 꺼지고 나면

잘난 척 같은 건 다 그만두고
네 몸을 잠시 입을 텐데
쨍, 부딪히면 술잔처럼 잠시 출렁일 뿐
아무래도 쏟아지지는 않는 이런
몸쓸 청춘 따위 (산산이 부서지라지)
태양의 시간이 다하고 나면

심신이원론의 경험론적 사례 보고

구조대원들은 생면부지의 여자를 응급차에 싣고 저주했으며 간호사들은 그녀를 잘 훈련된 개처럼 대해주었다 그녀는 말하고 싶었으나 혀가 굳었고 눈 뜨고 싶었으나 어둠에 갇힌 채 자기 몸이 아닌 자기 몸—고장 난 기계처럼 멈춰버린 그것의 사보타주에 대해 생각했다 대체 이 눈과 혀와 팔다리는 애초에 누구의 것이었나? 마치 자기의 동력은 그녀의 영혼이 아니라는 듯 축 늘어진 머리와 사지는 이제까지 누구의 허가를 받아 먹고 마시고 자고 손가락질하고 악수했단 말인가? 미친 것은 정신이 아니라 제멋대로 난폭해진 몸이다, 이건 파업이다, 불공평한 협상을 기대하는, 통지조차 없었던 불법 파업이다, 라고, 생각했다 어쩌면, 그녀의 영혼과 정신을 먹여살리고 있었던 것은 거꾸로, 그 고장 나기 전의 자동기계였고, 정신이라 믿었던 건 대팻밥 같은 것이었는지 몰라

그녀는, 매일 거르지 않고 태엽을 감아주어야 하는 자기 몸뚱아리를 생각했고, 더는 그것과 싸워서는 안 되겠다고 다짐했다 짧은 평온과 함께 그녀는 잠들었다 그녀는 그 짧은 잠이 죽음처럼 달콤했다, 고 쓴다 그녀가 자기 몸에 가장 평안히 깃들어 있었던 그때, 는 그녀가 더이상 생각할 수 없도록 정신을 쫓아낸 순간이었다

그녀의 영혼은, 돋보이는 약간의 연민을 지니고 있었던 젊은 의사—그는 간이 안 좋아 보였다—의 말소리와, 모든 것이 느껴졌으나 아무것도 할 수 없었던 고장 난 육신의 곁을 지키던 애인—그가 이 파업의 주동자였다—과 서혜부에 커다란 푸른 멍을 남긴 진정제 덕분에 지구에 무사귀환했다

'너를 찌르는 창만이 너를 치유할 수 있다'* 그러나 그녀는 자기의 총체가 창과 방패 그 자체인 것을 알게 되었으니, 이제 싸움의 불길은 전방위적으로 퍼져, 장기전 시나리오를 구상하지 않으면 안 되게 되었던 것이다 이 소모전을 끝내기 위해서 그녀는

인화물질에 접근하지 말든가

전쟁의 진원지인 그녀의 몸뚱어리를 폭파시켜버리든가

정신 — 그 무시무시한 세입자를 쫓아내든가

선택해야 할 것이다 문제는 그녀의 시도 때도 없이 쿵쾅거리는 심장의 소속이 분명치 않다는 것이고, 그녀의 오른손이 쓰는 것을 왼손이 이해하지 못한다는 것이다

• 위 글은 본지의 편집 방향과 다를 수 있습니다.

* 바그너, 〈파르지팔〉에서.

그리스도의 순환

쓴맛 단맛 다 보며 오래오래 살겠다던 그녀의 결심은
얼마나 오만한 것이었던가
영혼을 쑥대밭으로 만들고 날라버린 엄마와 엄마의 애인들과
그녀의 애인들과 애인들의 애인들
구역질 날수록 입장권이 비싼 후불제 롤러코스터를 타면서
처음엔 신기했지 신기해서 가슴이 뛰었지 그러나
궤도가 끝나기 전까진 내릴 수 없다는 것
살아서 돈다는 것과 돌아서 죽는다는 것
돌아서 살기 위해
그녀는 한결 겸손해야 하는 것일까
생각할 틈도 없이 열차는 오르막 궤도를 오르곤
잊었다는 듯 다시 비명을 지른다

열차 관리인은 잠이 들었다
그의 꿈처럼 궤도는 끝이 보이지 않는다
음악은 흥겹고 구름은 두둥실
죽었다 깨어난 관리인의 아들이
맨 뒷자리에서 머리칼을 쥐어뜯는다

어딘가 수상쩍은 우리들의 신앙생활
— 존경심

그는 자기 이빨이 시키는 대로 한다
조심스런 매복 대담한 공격; 그는 프로다
경멸하는 자에게 꼬박꼬박 웃어 보이는 나보다
백 배 솔직한 이빨을 가졌다

그는 주먹질 발길질 욕지거리를 할
주먹과 발길과 목소리가 없다

그를 허리에 떠고 싶다
물어볼 게 있으시면 저의 과묵한 대변인과 접촉하십시오
그가 대신 되물어드릴 겁니다

쪽팔리는 일

우리를 웃게 하는 것이 끝내는
우리를 울게 한다 그것이
중독의 정해진 회로
우리는 얼마나 많은 불행을 견디어낼 수 있는가
우리는 진화의 극점에 있다

더는 나올 돌연변이가 없다고 판단했을 때
지긋지긋하게 새로운 약물이 도착했다
얼리어답터들의 혀끝에서 시험되는
또 하나의 모더니티 엄마,

이게 그거였으면 여기가 거기였으면
엄마가 계모였으면, 해
쟤가 나였으면 내가 딴사람이었으면 이 모든 게
무(無)였으면, 해
여기가 천국이었다면 나는
태어나지 않았겠지 그것도
괜찮다고, 해, 엄마,

제발제발제발나를낳아주세요, 라고
우리는 빌지 않았지만
빌어먹을 삶

민주주의의 스승들은 언제나
네 맘대로 하렴, 자상한 음성으로 말했지

하지만 모든 걸 취소하는 건 너무나 힘든 일
자기를 포함한 모든 것과 싸우고 있는 이
독, 정수일까 궁지일까

우리는 울다가 웃는다
우리는 얼마나 많은 불행을 견디어낼 수 있는가
견딜 수 없을 때 견디지 않는 건
너무나도 쪽팔리는 일이니까
우리는 필사적으로 웃고 있지만

얼굴

일회용이에요 백 개들이 한 세트죠 써보시면 아시겠지만 세척만 잘해주시면 개당 일주일도 쓸 수 있어요 아, 그럼요, 촉촉함을 유지해줍니다 미소 사이에 낀 씁쓸한 주름 같은 건 걱정하지 마세요 백 퍼센트 환불해드립니다 장담해요 고객님, 착용한 채 주무셔도 됩니다 꿈속에서도 웃으실 수 있어요 미소는 몇 할짜리로 하실 건가요? 6할? 그건 너무 과하지 않나요 3할이 적당히 신비스러울 텐데 제가 쓰고 있는 게 7할 짜리던데, 영업용입니다, 그럼요, 치아가 열네 개 보이는 활짝 핀 스마일이죠 손님은 학생이시니까 학생용으로다가 3할, 선생과 학생들 모두에게 어필합니다 뭐 모범생 평균 미소예요 실연이나 장례식에선 여기 꾹 참는 듯한 절제된 슬픔이 좋겠습니다 미소와 함께 사시면 경멸과 근엄한 분노 샘플을 함께 드려요, 물론 사용법을 숙지하는 게 가장 중요하죠 능숙하게 갈아치우는 게 핵심이에요 저로 말씀드릴 것 같으면, 자랑 같지만, 밤낮으로 연습한 덕에 고속 승진중입니다 (삭) 그런데 손님, 실례지만 지금 사용하시는 제품은 어디 건가요? 너무 애매하군요 뭐랄까, 확실하질 않아요 어디서 본 것 같기도 하고 꼭 20년 전 만원 버스 승객 같은 느낌이신데, (사삭) 대체 그 표정은 뭐죠? (사사삭) 지금 절 무시하는 겁니까? 영업하는 주제에 너무 따진다고요? (사사사삭) 야, 내가 너 같은 조무래기한테 몇 푼 빨아먹겠다고 웃고 있으니까 말이 말 같지 않아? 넌 뭐 커서 대단한 게 될 것 같아? (사사사사삭) 어때요, 리얼하죠? 오욕칠정이 순식간에 오고 갈 때 어떤 표정을 지어야 할까 고민하지 마세요 여기 7종 세트 모두 사시면 사용법을 속성으로 마스터하실 수 있는 무료 2주 특강 쿠폰을 드립니다 (사사사사사삭) 안 살 거면 꺼지든가

당신은 누구시길래

재발급 받으려고요

사유는?

분실입니다

분실 사유는?

알았다면 분실하지 않았겠지요

증명하시오

분실했다니까요

그럼 당신이 당신인지 어떻게 압니까?

믿으십시오

허가할 수 없소

당장 당신을 먹어치울 수도 있습니다 난 증명되지 않으니까

그렇다면, 여기, 이제부터 이것이 당신의 새 증명이오
증명분실 등록번호 20100714—1656
당신은 과세 대상이지만 투표권을 비롯한 시민의 권리는 일부 제한될 수 있소

그럼 지금 당신을 먹어치우고 이 ID를 분실해도 상황은 똑같겠군
한 번도 자기에게 자기를 증명하려 시도하지 않은 자
믿음을 스스로 허가하지 않은 자
나는 당신을 재발급하기로 결정했습니다

무슨 권리로? 아, 당신은 아래에서 온,

후루룩!
꺼억!

여긴 무덤처럼 깜깜하군요 처음 보는 어둠!
나는 이전의 내가 아닌 듯하오만 이제는 누구요?

아직 아무도 아닙니다만
차차 서로 알아갈 것입니다

다른 못, 가시연

다음번 창세기가
위장전입으로 시작하면 어떡하나
이따금 연애시가
위장결혼으로 시작하듯이

차마 견디면 딴사람이 될 수 있다고 해

이전 것은 지나갔으니, 보라
지긋지긋한 새것이 되었도다

더러울수록 환한 밤
푸른 향 피어오르는
연도(煉禱), 다시

우리를
아무 신이라도, 다시
진흙에서 빚어내소서

들릴락 말락

잠시 울다 가는
붉은가슴울새

비애의 대가

가슴에 구르는 비애를 파묻고 몇 해를 울었더니
비애가 썩고 싹이 터 숲이 되어 있었다

숲은 서늘하고
새들은 나의 비밀을 노래하고
잎들은 틈만 나면 우수수 나의 비밀을 박장대소하기에
나는 숲에 불을 놓았다

손바닥 안에 작고 둥글고 더 단단한 비애가 사리처럼 남았다

그래, 다시 가슴에 작고 둥글고 단단한 비애를 파묻고
울지 말았더니
발자욱 찍히는 곳마다 영락없는 선인장 군락이 솟았다
우습고 무서운 일이었다

앉을 수 없는 앞뜰
도사릴 수도 없는 뒤뜰

새들은 노래하며 날아와 울며 날아갔다

가시 돋친 혓바닥이 유일한 벗이었다

로,

빠른 발
노래하는 혀
손톱 속의 반달

유괴된 어린이
바람의 역마살
쉽게 마르는 눈물

어둠이 빛나는 밤
발목 잡히지 않는 영혼
떠나기 위해서만 돌아오는
여행자의 운명

단단한 발바닥으로 모래밭을 달리며
바퀴 달린 것들을 미워하기도 했지

돌아온 집은 언제나 새집

너의 이름표를 어린이의 표식을
나의 구멍 난 가슴에

다윗의 별처럼 바울의 물고기처럼 손기정의 태극 마크처럼
(기타 박해받는 자들의 싸가지 없는 불굴의 의지처럼)

달아주면서

내가 보지 못한 너의 모든 생일을 축하한다
아빠는 네가 자라는 것을 차마 볼 수가 없

험버트 씨,

당신은 내게 잉크가 새는 만년필을 주었죠
나는 천천히 피 흘리며 나의 재난을 지켜보았어요 그것이
일생 동안 겪어야 할 여러 죽음 중의 하나였다는 것을
아주 오래 걸려 깨달았죠
잉크는 폭발하며 제 혈관을 잠식했습니다
당신의 피가 당신을 공격하기로 결심한 것은 언제입니까

당신은 나의 마지막 질문을 이해할 수 없어서
숭배와 모독을 반복했습니다

날카로운 굴렁쇠를 완성하는 눈먼 충동
지옥을 돌리는 세 개의 톱니바퀴
케르베로스의 머리들
자기 꼬리를 문 뱀

나는 이미 동강 난 그대가 알던 사람이 아니니, 나를 어엿비 여기시려거든 부디
절단면에 손이 닿지 않도록 주의하세요

내가 당신의 아편이 아닌 것처럼
당신은 나의 아버지가 아닙니다

론 울프* 씨의 혹한

론 울프 씨가 자기 자신을 걸어나와 불 꺼진 쇼윈도 앞에 서자 처음 보는 아지랑이가 피어오른다. 하나의 입김으로 곧 흩어질 것 같은 그의 영혼. 그러나 이 순간 그는 유일무이한 대기의 조각으로 이 겨울을 견디고 있다. 그의 단벌 외투를 벗겨간 자들에게 그는 반환을 요구할 의사가 없다. 처음부터 외투는 그의 것이 아니었을지도 모른다.

이 겨울은 끝날 기미를 보이지 않는다. 그에게는 친구가 셋 있었는데 하나는 시인, 하나는 철학자 그리고 자기 자신이었다. 그들은 자존심이라는 팬티만 걸치고 혹한을 견디려는 그의 무모한 결심을 존중해주었지만, 이 존중이 그의 저체온증을 막아주지는 않을 것이었다.

그는 스테판에게 말했었다; 저 육각의 눈 결정이 아름답다면, 보이지 않는 내 영혼의 아름다움은 어떤 돋보기가 결정해주는가. 나는 갈비뼈가 드러난 한 덩어리의 공허다. 이것이 나라면, 나는 나를 견디는 것이다. 이 결심의 무한한 휘발성이, 자네는 보이는가.

그는 분명히 엘리아스에게도 말했었다; 누추한 영혼들이 새까말 정도로 빽빽한 군중을 이루고 있는 저곳으로, 나는 들어가지 않을 것이다. 어떠한 협회에도 가입하지 않을 것이다. 나 자신의 변호인단이 될 것이다. 이 결심의 자발적인 선의를, 자네는 이해하는가.

론, 제발 쉼터에 들어가게. 자존심보다 생존이 중요하지 않은가.

두 친구는 각자 털장갑과 낡은 목도리를 벗어주었었다. 그는 흐느낌이 새어나오지 않도록 세심하게 성량을 조절해야 했다. 그는 곧 이 조절의 기예가 될 것이다. 아지랑이 한 줌의 절도를 누구도 강탈할 수 없을 것이다, 감당할 수 없을 것이다.

내가 자네들을 불편하게 만들고 있군.

반짝이는 육각의 표창들이 제 과녁으로 쏟아졌다. 아무도 그의 외투를 위해 투쟁하지 않을 것이다. 그들은 오래전에도 한 남자의 옷을 제비 뽑아 나누고 그에게 가시로 만든 왕관을 씌워준 적이 있다. 그건 그나마 잘 알려진, 따뜻한 나라의 이야기.

이제 그는 한밤의 쇼윈도 앞에서 자기의 시선으로 자기의 얼굴을 투과한다. 제 뒤통수가 아니라 다른 겹의 세계를 문제 삼은 자. 이 결빙한 눈-사람은 녹지 않고 단호한 매무새로 어디론가 사라질 것이다.

오, 그 결심의 유해함을, 그의 증발을, 누가 알아챌 것인가.

* 론 울프(Lonne Wolff): 생몰 연대 미상. 욥Job, 트래비스(Travis), '지하 생활자' 또는 시어도어 카진스키(Theodore Kaczynski), 티머시 맥베이(Timothy McVeigh) 등 여러 이름으로 알려진 그는, 잊을 만하면 공공기관 앞에 발자국과 혈흔, 해독하기 힘든 낙서를 남기고 사라진 수수께끼 같은 인물로, 스스로를 '하느님과 법이 없으면 잘 살 사람'으로 불렀다고 알려져 있다. 혹자들은 그가 재림 예수, 이 시대 마지막 금욕주의자, 타락한 현대판 차라투스트라, 모든 무정부주의자의 전범이라고 한다. 그러나 이러한 명명들은 불명확한데, 그것은 그가 세속적인 낭만주의가 정의하는 모든 종류의 환상을 거부하였음이 최근에 밝혀졌기 때문이다(이 환상에는 처형당함으로써 봉기를 촉발한 혁명가, 순교자, 그리고 망치나 사제 폭탄을 든 게릴라나, 평화를 선전하며 구원을 설파한 보헤미안의 이미지도 포함된다).

찌그러지는 모과

아무 전화벨에도 대답하지 않으며
부재의 초인종이 울게 내버려두며
충동적인 전언들을 대기 중에 체류시키며
너는 기다렸다 하나의 종말을

무위(無爲)의 기다림은 얼마나
차고 딱딱하고 매끄럽고 건조한가

어디선가
놓친 풍선처럼 짜잔,
달이 떠오르고 너무 높이 떠올라 빠밤,
거듭 터지는
깊은 밤의 음향(音響)

들이마시며
내쉬며

어디로? 무서워

뭐가? 너는
썩을 줄도 모르니?

너는 향그러운 몇 개의 이빨 자국과 함께 조금 더
텅 빈 영원으로 이주하고

여전히 자기가 육식인지 모르는 어떤 짐승은 문득
송곳니가 빠진다

해설

이형(異形)의 음악, 우리들의 파티

장석원(시인)

1.

장면 1 : 도서관 앞. 약속 없이 만날 수 있는 사람이 (세상에!) 몇이나 될까. 남보다 커다란 머리를 지녀 눈에 잘 뜨이는 한 남자가 노란색 자장면을 먹다가 바라본 밤의 하늘에, 번져가던 불빛, '마리아'로 가자. 그곳에서 맥주+펄 잼(Pearl Jam)+맥주+앨리스 인 체인즈(Alice In Chains)+…… +더 티 파티(The Tea Party). 11월 4일.

장면 2 : 초록 치킨집. 닭다리를 물고 웃는 사람들. 가을날의 파티. 우리의 공적은 엔엘(NL). 10월 26일.

장면 3 : 세밀 교회 앞. 커피를 들고 오던 사람에게 치졸한 복수. 머리가 그게 뭐야, 개성적인데~, 내 말이 끝나기도 전에 동그라미가 되던 눈. 복수의 J. 복수들. 수다들. 아무도 기억하지 않는 날들. 그날 그들의 발화는 시가 되었을까. 누가 눈을 기억할까. 12월 27일.

2.

어제, 우리는 가벼웠다. 그래서, 자유로웠다. 오늘이 어제보다, 오늘의 삶이 어제의 삶보다 낫다고 말할 수 있을까. 내일은 무시무시하다. 우리가 함께 보낸 날들이 함께 할 날보다 많다. 소멸이라고 부를 수 있기를, 간절하게. 강경대의 죽음 정도를 이야기하면서 우리는 일치하고, 잠시 우울해지고, 다시 키득거린다. 현실보다 아름다운 시를 쓸 수 있는 자가 된다면, 좋겠다. 우리는 합의한다. 우리는 언어 노동자라고 볼멘소리로 푸념한다. 술이 필요하다. 어제만 기억하고, 오늘을 기억하지 않기 위해, 배신을 향해 전력질주하여 내일에 당도한다. 정한아의 시를 읽는 순간, 저절로, '우리'를 떠올리고, 다시 거울을 들여다보고, 한참 동안 담배를 만지작거리다가, 시를 듣는다. 천민처럼, '원한의 도덕성'을 곱씹는다. 나아질 것이라는 희망에 대한 미련한 신뢰를 거둔다. 죄와 벌을 다시 생각한다. '나'를 위해서 '나'는 다시, '나'를 기록해야 한다.

한밤을 펜과 씨름하다
책상에 엎어졌습니다
거기에는 책상의 이데아도 질료도

아무것도 없습니다, 하지만 거기서
나,
책상의 나직한 고동 소리를 들었습니다
제 속에 세월을 묻고 가슴에 열쇠를 꽂은
숨소리가 나직한 늙은 책상은
내가 사춘기에 칼로 그은 상처도
간직하고 있습니다
나를 구원해준 책상
나를 잠재워준 책상
내가 후려갈기고 긋고 할퀴고 물어뜯고 종국에
머리를 박아대던 책상,
책상은 나를
제 다리 밑에 숨겨줍니다
거기서 손가락 빨며 눈 빨개지도록 웁니다
—「愛人」 전문

사춘기, 공부를 하다가 엎드려 잠들었던 '나'의 날들. 그날의 '이데아'와 '질료'는 어디로 갔을까. 어떻게 사라진 것일까. 우리가 알고 싶은 것은 사춘기의 육체가 아니고, 그때의 하드보일드도, 학창 시절의 무림 고수 열전도 아니다. 그곳에 "아무것도 없었"다고 정한아가 고백한다. "가슴에 열쇠를 꽂은/ 숨소리가 나직한 늙은 책상" 같은 '나'의 몸에 "칼로 그은 상처"가 남아 있다. 정한아를 보살펴주고, 정한아에게 위로를 주고, 정한아에게 사랑을 느끼게 해준 것은 아빠도 엄마도 친구도 선생님도 아니고, 바로 책상. 시인의 고통을 흡수해주던 차가운 책상이 '나'의 애인이다. "머리를 박아대"며 울던 '나'에게 '와서 숨어도 된다'고 말해준 책상, 사랑하는 사물. 책상 말고는 사랑할 것 하나

없는 소녀가 책상 "다리 밑에 숨"어 "손가락 빨며 눈 빨개지도록" 울고 있다. 소녀야, 이리로 나오렴, 내가 안아줄게. 소녀가 손을 내밀지만, 소녀의 손을 잡을 수 없다. 투명한 손이 과거에서 오늘로 건너온다. 발갛게 우는 소녀의 울음소리가 들리지 않는다.

대추나무 가지마다 참새는 소쿠리 밑으론 안 들어오고 낄낄낄 웃기만
대추나무 뒤에선 아침 햇살이 쌍쌍쌍 빛나고
길 건너 가겟집 아이 은경이, 아침 댓바람에 달려와 전날 이쁘다며 하룻밤만 데려간, 네가 봄부터 지렁일 먹여 키운, 당당히 볏도 솟기 시작한, 친동생 같은 수평아리가, 얼어 죽었다 한다

(……)

소철 성탄목 위엔 이제부터 사철 녹지 않을
탈지면으로 위장한 만년설

(참새야, 실컷 낄낄거려라
영리한 새대가릴 소쿠리 밑에 들이밀면
가족이 있는 것들은 죄
잡아서 구워 먹으리)

배부르다는 듯 트림을 한 번 꺼억 하고 부러 깔깔 웃어보았으나
그날 밤 생전 처음 자발적으로 일기 쓰기를;
"삐약이가 죽었다. 은경이 아빠가 죽였을 거다. 은경이 엄마가 끓였을 거다. 은경이 엄마 아빠와 병찬이는 먹었을 거다. 은경이는 어쩔

수 없이 먹었을 거다. 세상은 멸망할 거다. 은경이는 용서해주자."

> 여름 끝물에 거두어둔 나팔꽃 씨앗은 아직 책상 서랍 안에서
> 따따따 따따따 주먹손으로
> 따따따 따따따 나팔 꿈을 꾸는지 마는지
> 자기가 무엇이 될 수 있을지 없을지
> 까맣게 까맣게 모르고
> ―「만년설(萬年雪)」 부분

아홉 살 아이의 일기가 펼쳐져 있다. 초등학생 정한아에게 벌어졌던 비극. 키우던 병아리 '삐약이'가 '살해'되어 은경이네 식구들에게 먹혔다. 가엾은 병아리를 한 끼 식사로 '쓱싹'해버린 사람들이 아무렇지도 않게, 하나도 슬퍼하지 않고, 남의 상처는 아랑곳하지 않고, "입술에 묻은 기름을 스윽 훔치고" 태연하게 살아갈 수 있다니, 이해할 수 없는 세상이다. 소녀는 성탄목 위 사시사철 녹지 않는 눈의 정체가 '탈지면'이라는 것을 안다. 소쿠리로 참새를 잡을 수는 있지만, 참새가 "새대가릴 소쿠리 밑에 들이"미는 경우를 거의 기대할 수 없다는 것도 소녀는 안다. 소녀가 말한다, "가족이 있는 것들은 죄/ 잡아서 구워 먹"겠다고. '나'의 병아리를 맛나게 처먹은 은경이네. 그들을 잡아서 구워 먹고 싶지만, 실은, '나'는 그들이 부럽다. 하여, 그들을 처단할 수 없으므로, 그들이 살고 있는 세상의 멸망을 소녀는 염원한다. 소녀의 눈앞에 "아침 햇살이 쌍쌍쌍 빛"난다.

사춘기의 책상 밑에 숨어서 우는 '나'의 뒤에 아홉 살의 '나'가 서 있다. 어린 '나'는 서랍을 연다. 나팔꽃 씨앗이 "따따따 따따따 주먹손으로" 나팔을 분다. 소녀는 "자기가 무엇이 될 수 있을지 없을지/ 까맣게 까맣게 모"른다. 서랍 속의 어둠이 소녀를 점령한다.

정한아의 과거에는 '나'와 혈연을 이루는 가족이 '잠깐' 등장한다. "영혼을 쑥대밭으로 만들고 날라버린 엄마와 엄마의 애인들"(「그리스도의 순환」) 때문에 시인은 책상 밑에서 울었던 것일까. '은경이네 식구들 삐약이 도살하다' 사건의 결말이 명랑에서 불안으로 급변하는 이유도 이것 때문일까. 아니면?

무엇이라 말할까
만남이라는 기막힌 우연과
그 섬뜩함에 대하여
마주치자마자 내 골수에 자기의 촉수를 담그는
얼굴들과 그 배경에 관하여
그 가지각색의 각개격파를 차별 없이
기적이라 부르는 순진한 이상주의에 대하여
그 상처 없는 잔혹한 천진난만에 대하여

어느 날 두 사람이 만나
한 사람을 낳고 모두 사라지는
말할 수 없이 폭력적인 생리

어느 날 두 사람이 만나
한 사람을 죽이고 손을 씻는
말할 수 없이 공공연한 심리
—「죽은 예언자의 거리」 부분

가족의 기원을 알 수는 없지만, 그것을 알 필요도 없지만, 정한아에게 '만남'은 이렇게 이해된다. 그리고 가족의 기원과 가족의 생활이 펼쳐진다. 만나서 가족을 이루고, 헤어져 가족이 파괴되는 생의 과정을 정한아는 "순진한 이상주의", "잔혹한 천진난만", "폭력적인 생리"

라고 규정한다. 원하지 않는 이별이 어떤 사람에게는 살인 같은 것일 수도 있다고 그녀가 말한다. 책상 밑에 숨어서 붉게 울고 있는 '나'의 먼 과거에 '예언'이 있었다. "어느 날 두 사람이 만나/ 세계가 비로소 시작되리라던/ 말할 수 없이 아스라한 예언"이 '이별'로 귀결되었던 생이 있었다. "세계는 거대한 조롱"(「가위」)이다.

3.

농담으로 친목이 도모될 수 있단 말인가. 시시껄렁 말장난이 우정의 엔진인가. 닭다리나 뜯으면서, 젓가락 장단이나 두드리면서 세상을 공격할 수 있을까. 우리는 일종의 상처를 공유한 셈이다. 아무도 말하지 않지만, 눈빛으로 적의를 공모할 수 있으니 여하튼 친구인 셈이다. 술자리에서 스포츠와 연예인과 구제역에 숨겨진 음모가 부글거리지만, 과거 열혈 청년들의 거리 무용담은 수면 위로 부상하지 않는다. 불문율이다. 우리가 겪은 것들을 하나로 묶어주는 이상한 장면이 펼쳐진다.

지랄탄 같은 외로움이 길바닥을 휘젓는다
사람들은 안 보이는 걸까
안개가
자욱한데 어디서
물방개 같은 공포가 떼 지어 튀어나올지
모르는데

유유히
길이 보인다는 듯
무섭도록 깔깔한 수다를 흘리며

사람들은 제 발에 꺽꺽 차이는
단단한 울음을,
차일수록 자욱해지는
지랄 같은 외로움을,
몰고 간다

간신히
노련하다
골키퍼도 백골(白骨)도 택도 없는
제 집을 향한 드리블은
—「이상한 가투(街鬪)」 전문

지랄탄 연기 속에서 외로움을 느끼다니. 가투의 끝은 승리일까 패배일까. 늘 투항과 자백으로 귀결되었던가. 공격과 방어가 주기적으로 실행되었지만, 많은 사람들이 맞고 피 흘리고 끌려갔지만, 언제나 승리를 염원했지만, 전투의 결과는 승리도 패배도 아니었다. 적도 분명했지만, 적이 아닌 자들 역시 분명했다. 우리는 협동하고 희생하고 솔선수범했지만, 그것은 도덕도 의무도 아름다움도 아니었다. 거리에 가득 찬 것은 최루탄 연기와 화염병의 불꽃과 독화살 같은 구호가 아니었다. 외로움의 포화가 있을 뿐이었다. '사람들'은 있었지만, '사람'이 없었다. 우리는 아무것도 볼 수 없었다. 우리에게 미래는 존재하지 않았다, 언제나 그랬던 것처럼. 가투가 끝났을 때, 우리를 휘감던 것은 "물방개 같은 공포"뿐. 차라리 낙담이라도 했으면. 내일도 모레도 글피도 붉은 이념은 굳건하겠지만, 적들은 약화되겠지만, 더불어 우리가 흔적도 없이 사라질 것이라는 근거 없는 공포가 '던져진' 돌멩이처럼 뒹굴었다. 날이 갈수록 "지랄 같은 외로움"이 늘어갔다. 우리는 각자 귀가했다. 제 갈 길로 갔다. 마치 예약했던 것처럼, 운명의 흡입구로 홀려 걸어가듯, 모두가 순순히 미래에 귀속되었다. "간신히/ 노련하"게 사라질 수 있었다. 처연하게 지워졌다. 정한아는 우리에게 학대를 권장한다. 우리가 살아왔던 날들을 정직하게 바라보라고 말한다.

우리의 자화상이 여기에 있다. '이상한 가투'가 있었고, 그 거리에서 우리는 사라졌다.

정한아 시의 가까운 과거는 대학 시절, 청춘의 그날들로 집중된다. "눈을 가리운 폭풍우/ 후진 없는 청춘의 베이스캠프"에 진을 친 우리들은 "다심(多心)과 무심(無心) 사이의 고뇌에 빠져" "무기라고는 입술뿐인 질풍노도의 한가운데"를 응시한다. 그리고 합창한다, "포도주를 다오, 목이 마르다!/ 우리 솟구치는 피를, 한잔 더!"(「눈을 가리운 노래」)라고. 굶주린 흡혈귀처럼 우리들은 무엇인가에 갈급이 들었다. "두 눈 속에 훈장처럼 빛나던 방탕과 방랑, 거기/ 신 벗고 머리 풀고 뛰어들고 싶었던 사랑의 잔영"(「첫사랑은 피라미드로 가고」)이라도 있다고 믿고 싶었다. 우리가 그때 저마다 품고 있었던 단어들. 순수, 순결, 청춘, 열정, 이상, 혁명. 정한아는 이 모든 것들이 사라진 자리에 서 있다. 죽음 뒤에 정한아는 어떻게 생을 시작하고, 무엇으로 그것을 부려나갈지 폐허에서 고민한다. 이제 지독한 염오를 떨쳐내려고 한다.

이전의 것은 전혀 사랑이 아냐
아니, 모든 사랑은 언제나 처음
하루와 천 년을 헛갈리며 천국과 지옥 사이 달랑달랑 매달린
재투성이 심장은 여러 번 굴렀지

우리 심장은 생명나무와 잡종 교배한 슈퍼 선악과
질문의 수액은 여지없이 떨어져 자꾸만 바닥을 녹여 가령,
우리는 몇 시입니까?
우리는 어디입니까?
우리는 부끄럽습니까?

외로워 죽거나 지겨워 죽거나
지금 에덴에는 뱀과 하느님뿐

그 외 나머지인 우리는

입을 맞추고 눈꺼풀을 핥고 우주선처럼 도킹하고 어깨를 깨물고
피를 흘리고 그 피를 얼굴에 바르고 입에서 모래와 독충을 쏟고 서로의 심장을 꺼내어
소매 끝에 대롱대롱 달고
—「그렇지만 우리는 언젠가 모두 천사였을 거야」 부분

정한아의 답은 사랑이다. 시인은 우리에게 사랑에 대해 말하려고 한다. 우리가 가지고 있던 것, 이전의 모든 것은 "전혀 사랑이 아"니라고 그녀가 선언한다. 사랑이 언제나 '처음'으로 돌아갈 수 있다면, 아무도 사랑의 실패를 노래하지 않을 것이다. 지금 우리는 사랑을 잃었고, 지금 우리는 거짓 사랑으로 눈을 가리운 채 죄를 저지르고 있다. 아무것도 보려 하지 않고, 들으려 하지 않고, 말하려 하지 않는다. "하루와 천 년"을 구분 못하고, "천국과 지옥"을 왔다갔다 한다. 우리는 죄악으로 똘똘 뭉친 "슈퍼 선악과"일 뿐이다. 어떤 사랑이 우리에게 필요한지 정한아가 다시 묻는다. 지금 우리의 사랑이 '레알'이야? 정한아의 질문. 시간과 공간을 가로질러, 수치에 이르러 우리는 비로소 우리의 자화상을, 시인의 거울에 비친 비루한 우리의 얼굴을 바라보게 된다. 피로 칠갑한 채 서로에게 죽음 아닌 죽음을 선사하면서 마냥 즐겁게 마비되고 있다. 서로에게 보이지 않는 침을 뱉으며, 아프지도 않은 쌍싸대기를 날리며, 우리는 가짜 사랑으로 시간을 허비한다. 드디어 자가당착에 함몰되어 합창한다. "우리에게는 할 말이 없습니다 그리고/ 19세기와 20세기와 21세기는 완벽합니다/ 어떤 식으로든 안녕합니다/ 우리는 우리 말고는 배제할 것을 찾지 못했습니다."(「고구마 연구실」) 정한아가 "호랑이가 떡으로만 살 수 있는가/ 먹어서 배부른 것이 사랑인가"(「회의적인 육식동물의 연애」)라고 화답한다. 불량소녀 정한아가 씹던 껌 뱉고 말보루에 불을 붙이며 말한다.

몸이 가벼워 용감한 별들은
언제고
정들어 더러운 집을 떠난다

마을이 검은 그림자를 드리우고
창백한 철쭉꽃 무리, 어스름 속에서
짐승 이빨처럼 사납게 빛나는
간악한 봄밤

단 한 번 부드러운 입맞춤도
맞잡은 두 손의 가느란 떨림도
오랜 세월 단 하나 사랑한 이름이 (맙소사)
아주 벌써 바스라진 작년의 나뭇잎

피뢰침에 초승달을 뾰족하게 꽂아두고
옥상에서 마지막 담배를 나누어 태우며
별들은 백만 광년 먼 웃음을 깔깔거린다;

오늘은 언제나 마지막 오늘,
갈 데까지 가다오 정든 형제여
멀리 돌아 와다오 더러운 사랑
—「떠도는 별」 전문

시인이 말보루가 아니라고 한다. 쿨~해지기 위해 던힐 프로스트로 바꿨다고. 보다 더 싸~해지려고, 조금 더 약해져서 조금만 더 부드러워지려고. 하지만 여전히 '불량불량'하면서, 씨익 쪼개면서, '오빠, 불 좀 빌려줄래'한다. 정한아에게 사랑이 '더러운 것'임은 어쩌면 정해진 수순일지도 모르겠다. 우리는 어떻게 하여 사랑에 도달하게 되었는지 돌아봐야 한다. 정한아는 사랑을 회의한다. 믿지 않는다. 사랑을 뭉개버린다. 발에 차이는 것이 외로움이고, 외로워서 다시 들러붙는 '징그러운' 것이 사랑이다. 사랑은 너무 흔해빠져서 이젠 넌덜머리가 난다. 신물이 넘어온다. '짜증 지대로다.' 정한아의 불량한 포즈는 즐겁다. 또한 쾌하다. 정한아는 사랑(철학)이라는 샌드백을 잽(시)으로 난타한다. 정한아의 사랑이 많은 곡절(曲折)을 뛰어넘어 시의 그늘에서 환하게 빛나는 광경을 보자.

허리가 풍만한 여자를 보았네 짧은 흰 셔츠 밑으로 청바지 위에
둥글게 걸린 팽팽한 허릿살 그녀는 가슴도 풍만하지만
팽팽한 둥근 허릿살 때문에 나는 그녀와 사랑에 빠졌지
팽팽한 둥근 허릿살은 윤이 났네 내 그림자 가지 끝이
움켜쥐고 싶어 야단이 났지 그녀는 햇살 속을 풋, 풋, 풋
웃으며 걸어가네 비탈길을 빙글 돌아
때로 한 찰나가 영원을 잡아먹는 그런 사랑

허리가 풍만한 여자를 보았네 그녀는
중세 회화처럼 우아하지 풍만한 상체를 살랑살랑 흔들며 걷는
그녀의 발목을 나는 사랑했네 그러나 그건 아까 전의 일
그녀는 비탈길을 빙글 돌아가고 지금은 다만
따가운 햇살이 길 위로 아스라이 신기루를 만드는
여름 저녁의 한때

그녀의 풍만한 허리를 사랑할 줄 아는 누군가로부터
전갈이 도착했으면
비탈길에 빙글 돌아 동그마니 떨어진 찰나의
영원과 그 황홀의 엽서가 레스보스 섬에서 날아온대도
나는 놀라지 않아
—「작년의 포플러가 보내온 행운의 엽서」 부분

청춘에 대한 반성이 있었기에, 과거의 사랑이 길 위에서 어떻게 파멸되었는가에 대한 진지한 성찰이 배면에 숨어 있었기에, 이 아름다운 시가 탄생할 수 있었을 것이라고 추측하기는 어렵지 않다. 정한아는 "때로 한 찰나가 영원을 잡아먹는 그런 사랑" 속으로 들어간다. 철학을 마모시키는 시의 아름다움을 본다. 철학이 가지지 못한 감각 때문에 전율하게 된다. 지나온 모든 것이 '아스라이 신기루가 되는' "여름 저녁의 한때"를 물들였던, "허리가 풍만한 여자"의 "팽팽한 둥근 허릿살"의 윤기. "아까 전"에 사라진 그녀가 "햇살 속을 풋, 풋, 풋/ 웃으며 걸어가"던 "찰나의/ 영원과 그 황홀의 엽서"를 만지며, 정한아의 시를 읽으며, 영원과 찰나를 하나로 뒤섞는 시의 마법을 체험한다. '영원한 찰나의 아름다움'을 위해 기꺼이 희생하기. 정한아의 사랑이 포유하고 있는 힘을 믿을 수밖에 없는 이유이다. 그리고 정한아가 기입한 "순간이 영원인 가엾은 것들"의 목록을 따라 읽는다. 시인이 사랑하여 불멸의 대상이 된 것들의 면면을 바라본다.

모든 가련한 것들 새벽의 영혼들 잠들지 못하는 눈이 붉은 신호등 안타까운 것들 자기를 빛내는 것들 자기도 모르는 새 유혹하는 것들 겁탈당하는 것들 순한 눈을 한 고양이들의 추운 노숙(露宿)의 밤들에

그런데, 언젠가는, 불태워지리, 순간이 영원인 것들
아무도 모를 서러운 과거도 더러운 세월도 붉은 입술도 순하디 순한 천 개의 눈도 수심에 찬 콧날에 부서진 햇살도 아름답던 팔딱이던 나의 물고기들도 실핏줄투성이 아가미와 푸른 비늘도 마침내

헛되이 잡으려 했던 나의 두 손도
—「어떤 기도」 부분

4.
다른 목록들. 정한아의 신체가 포착하는 세계의 주형(鑄型)들.

사랑해본 자의 생활은 지옥일 거야
환멸은 계속되는 사랑일 거야
믿음은 열어도 나갈 수 없는 바깥일 거야

그럼에도 불구하고
원수 같은 이웃을 내 몸처럼 사랑하자면
돌이 되어야 하나 성자가 되어야 하나
돌로 만든 성자가 되어야 하나?

손을 씻는 45초간
나는 내 사랑을
가장 친밀한 이웃을
창밖으로 던지고 싶고

던져서 쏘고 싶고
—「이웃 사랑의 위생 관념」 부분

지옥과 환멸을 사랑으로 돌이키기 위해 정한아가 즐겨 사용하는 방법, 인접한 것들을 배열하기. 이것은 인접(隣接/引接)이자 이접(異接). 사랑하기 위해 정한아가 선택하는 것들을 보자. 사랑하기 위해 필요한 것은 '돌이 되기, 성자가 되기'이다. 정한아는 '돌'과 '성자'를 한 문장으로 연합한다. "돌로 만든 성자가 되"기. 이와 같은 조형(造型) 방법은, 복수의 대상을 향해 규정 없이 퍼져나간다는 점에서, 도래할 것들에 대한 예상을 불가능하게 한다는 점에서, 정한아의 언술 특성으로 기록할 수 있다. 정한아는 '~들'을 애호한다. "나는 내 사랑을/ 가장 친밀한 이웃을" 주목하고, 그들을 "창밖으로 던지고 싶고/ 던져서 쏘고 싶"다고 말한다. 이와 같은 복수 대상의 목록들.

앵두 같은/ 총알 같은/ 앵두로 만든/ 총알 같은/ 너의 입술 (「어른스런 입맞춤」)

영원히 부드러워진 따스해진/ 사물이 된/ 그들은/ (……) // 소리치는 악다구니 쓰는 발버둥치는/ 마구 열렸다 닫히는 원목으로 된/ 지상에서 가장 우아한 장식장 (「서랍」)

나도 그들도 진짜 같은 짝퉁 소금 같은 모래 양 같은 염소 천국 같은 지옥 (……)// 왜 나는 돌이 아닐까 썩어서 따뜻한 거름이 안 될까 왜 여전히 눈은 부시고 입술은 미풍에 벌어져 너의 손톱도 쑥싹쑥싹 자라는지 알고 싶을까 진짠지 아닌지 자꾸만 깨물고 싶을까// 아무것도 아닌 모든 것에 베이는 나의,형, 형제와 혓바늘과, 제 출생을 근심하는 투명한 지,집벼룩의 간과 쓸개와 (「타인의 침대」)

사물의 특성을 표현하는 형용어의 다양함이 우리에게 가져다주는 것은 무엇일까. '지금, 여기'에서 다른 곳의 다른 날로 우리를 이동하게 하여 시간과 공간을 무(nothingness)로 만드는 감각의 힘. 이것이 정한아가 성취한 수사학의 아름다움이다. 「타인의 침대」에서 정한아는 드디어 서술어를 복수화하여 문법의 구속력을 이완시킨다. 복수의 형용어들과 복수의 목적어들이 복수의 서술어와 대응하면서 주체 '나'의 자리에 다른 주체 '나' 또는 '너'를 불러온다.

주어와 목적어와 서술어가 분리되기도 하고 결합되기도 하면서 이형(異形)으로 운동하는 정한아의 수사학이 전취할 것은 '자유'일 것이다. 정한아의 현재는 미래와 과거를 뭉개버릴 것이다. 이곳과 저곳을 아우르며, 날짜들을 지우며, 찰나와 영원을 하나로 묶으며 자유롭게 변전할 것이다.

정한아 1975년 경남 울산에서 태어나 여기저기에서 자랐다. 성균관대 철학과를 졸업하고 연세대 대학원 국어국문학과에서 박사과정을 수료했다. 2006년 『현대시』로 등단했다. '작란(作亂)' 동인이다.

문학동네시인선 007
어른스런 입맞춤

초판 인쇄 2011년 8월 1일
초판 발행 2011년 8월 8일

지은이 | 정한아
펴낸이 | 강병선
책임편집 | 김민정
편집 | 정세랑 이수영
디자인 | 수류산방(樹流山房)
본문 디자인 | 유현아
저작권 | 김미정 한문숙
마케팅 | 신정민 서유경 정소영 강병주
온라인 마케팅 | 이상혁 한민아 장선아
제작 | 안정숙 서동관 김애진
제작처 | 영신사(인쇄) 용산PUR(제본)

펴낸곳 | (주)문학동네
출판등록 | 1993년 10월 22일 제406-2003-000045호
주소 | 413-756 경기도 파주시 교하읍 문발리 파주출판도시 513-8
전자우편 | editor@munhak.com
대표전화 | 031) 955-8888
팩스 | 031) 955-8855
문의전화 | 031) 955-8890(마케팅), 031) 955-2656(편집)
문학동네카페 | http://cafe.naver.com/mhdn

ISBN 978-89-546-1531-0 03810
값 | 10,000원

* 이 도서의 국립중앙도서관 출판시도서목록(CIP)은 e-CIP 홈페이지(http://www.nl.go.kr/ecip)에서 이용하실 수 있습니다. (CIP 제어번호 : CIP2011002994)
* 이 시집은 2009년 서울문화재단의 문학창작활성화사업기금을 수혜하였습니다.
www.munhak.com

문학동네